MEURTRE
AU
LOUVRE

Collection
« Les Lieux du crime »
créée par
BERNARD MAGNIN

Déjà parus

JEAN DUCHATEAU
Meurtre à l'Élysée

CAMILLE DUBAC
Meurtres à l'E.N.A.

JEAN DUCHATEAU
Meurtre à TF1

DOMINIQUE KIM
Meurtres aux J.O.
Séoul 1988

ERIC NORDEN
Meurtre à Wall Street

LEA SHANNON
Meurtre en Haute Couture

DANIEL ROBERT
Meurtres dans la pub

CLAUDE SOULA
Meurtre à la Bourse

CLAIRE DE BEAUVAU
Meurtres à la préfecture

ALAIN FAUJAS
Meurtre dans le TGV

BÉRANGÈRE LORRAINE
Meurtres à Libération

JEAN LEBON
Meurtres au Conseil d'État

Sommaire

Prologue

La Grande Galerie était peu éclairée et il fallait avoir l'habitude des lieux pour ne pas heurter les banquettes centrales, disposées en forme d'artichaut mal ouvert. L'homme avançait en éclairant ses pas à l'aide d'une grosse lampe torche. Arrivé à l'extrémité de la galerie, vers le Salon carré, il prit à gauche la salle des Sept Mètres avant de parvenir dans l'immense hall où se déploient les escaliers sur lesquels se profile l'ombre de *La Victoire de Samothrace.* L'homme descendit les escaliers pour se diriger vers l'aile Mollien.

Si ce visiteur nocturne avait poursuivi son chemin vers l'est, en direction de la colonnade de Perrault ou de l'église Saint-Germain-l'Auxerrois, il serait tombé sur le corps ensanglanté d'un individu à l'agonie. Mais l'homme avait un besoin urgent à satisfaire et il avait préféré prendre un raccourci par rapport à son itinéraire habituel, afin de gagner plus rapidement les lavabos de la salle du Manège.

Il existe, dans la peinture européenne de l'âge baroque, un thème intitulé « Vanité ». Une tête de mort ou un macchabée en constituent la représentation centrale ; ils signifient la vanité du temps qui passe et de l'existence terrestre. Tel le crâne posé sur la table des carmélites pendant leur repas, les « vanités » sont un rappel, au cas où nous l'aurions oublié, de notre condition de mortels.

Le jeune homme et la jeune femme qui allaient, quelques instants plus tard, tomber sur cette « vanité » en chair et en os tomberaient également des nues. Le spectacle macabre ne leur était pas destiné.

Pendant ce temps, dans un appartement d'une HLM anonyme de la banlieue est de Paris, la vieille femme piquait et repiquait l'image de sa victime. Le jour, elle vaquait dans les salles du plus beau musée du monde et, la nuit, elle assouvissait sa haine avec autant de passion qu'en avaient mis pour créer leurs chefs-d'œuvre les milliers d'artistes dont nous conservons les noms, parce que les hasards de l'histoire et le goût des amateurs ont fait entrer ce qu'ils ont façonné de leurs mains dans les collections du Louvre, ce musée des musées.

Meurtre dans la salle Daru

— Ce type me fait de l'œil. Il me colle...

La jeune femme qui prononçait cette phrase était jolie et café au lait. Elle aurait pu être mannequin, mais se contentait de la fonction moins exposée de gardien stagiaire au musée du Louvre, plus précisément au département des antiquités orientales. Depuis dix-huit mois, elle y veillait sur la sécurité de la salle où trône le bloc monumental de basalte noir sur lequel ont été gravées, entre 1792 et 1750 avant Jésus-Christ, les deux cent quatre-vingt-deux lois du code d'Hammurabi.

— Tu es jolie. Tu en as vu d'autres. Pantalacci aime les jolies femmes. Belle comme tu es, tu en verras d'autres, lui répondit Jean Blancart en levant vers la jeune femme un verre de Vichy-menthe comme s'il avait porté un toast avec une coupe de champagne.

Le visage bronzé et les cheveux bouclés de Blancart avaient fait surnommer « Phaéton »[1] ce jeune homme d'allure racée par les gardiennes du musée.

1. Phaéton, fils du soleil, conducteur malheureux du char d'Apollon.

Les gardiennes du Louvre connaissent, à force de l'entendre décrire par les conférencières des musées nationaux, leur mythologie grecque sur les doigts de la main. Jean Blancart avait connu Mathilde Victor dans ce bar sur le quai du Louvre où il avait l'habitude de se rendre vers la fin de l'après-midi. Jean Blancart était restaurateur des Musées nationaux. L'une des valeurs montantes de cette corporation d'alchimistes doués pour la peinture, qui sont capables de donner à un tableau son aspect originel en lui ôtant les vernis bruns et les repeints dont ils sont la plupart du temps recouverts.

— Demain, je t'emmène au cinéma, veux-tu ?

D'emblée, il l'avait tutoyée. Sur le coup, Mathilde avait rosi d'émotion. A Pointe-à-Pitre, personne ne l'avait jamais invitée à aller au cinéma. Elle trouvait Jean Blancart plutôt mignon avec sa chevelure brune abondante qui, pour ce qui la concernait, le faisait ressembler à un jeune premier dans un film romantique. Lorsqu'elle avait pris son métro pour revenir à son foyer de banlieue, elle s'était réjouie à l'avance de cette séance de cinéma avec lui. Peut-être lui prendrait-il la main, ou l'inviterait-il à dîner dans l'un de ces troquets pas chers qui pullulent autour de Beaubourg ?

Malheureusement, Mathilde fut privée de cinéma comme du dîner : on ne passe pas la soirée avec un cadavre...

Lorsqu'il fut découvert le mardi, en fin de matinée, le corps de Jean Blancart pendait à un énorme crochet d'une des deux tringles d'un pouce de diamètre auxquelles est suspendue la toile d'Eugène Delacroix[2] qui a pour thème les *Massacres de Scio* dans l'immense salle Daru, où elle est exposée aux côtés du *Radeau de la Méduse* de Géricault[3] et d'un *Enterrement à Ornans* de Courbet[4].

Les *Massacres de Scio* avaient été décrochés et déposés à terre pour permettre à Blancart de traiter deux minuscules soulèvements de la couche picturale situés dans la partie supérieure droite de la toile. Pour y accéder, les manutentionnaires du Louvre avaient placé contre la toile un escalier de bois monté sur roulettes comme en utilisent les peintres lorsqu'ils travaillent des tableaux de grandes dimensions. Le cou de la victime avait été transpercé par le crochet, acéré comme ceux dont les bouchers se servent pour accrocher les quartiers de viande, et qui sortait de sa nuque tel un rostre. Collé au mur grenat comme un papillon sur un étal, Blancart pendait les jambes dans le vide. Le plateau qui formait la partie supérieure de l'escalier de bois avait été déplacé de plus d'un mètre vers la droite, par rapport à ses pieds. La victime avait été clouée puis pendue, l'assassin ayant fait rouler l'escalier qui s'était ainsi dérobé sous les pieds de la victime.

La brigade criminelle était arrivée sur les lieux trois quarts d'heure après la découverte du cadavre, dans un musée désert — le mardi est jour de fermeture —

2. Eugène Delacroix (1799-1863) est l'un des plus célèbres peintres romantiques français.

3. Théodore Géricault (1791-1824), auteur du *Radeau de la Méduse* (Louvre).

4. Gustave Courbet (1819-1877), peintre réaliste, auteur de *L'Atelier* (Louvre).

devant une petite troupe de gardiens consternés parmi laquelle Mathilde Victor pleurait à chaudes larmes, le corps agité de spasmes désespérés, tandis qu'une grosse Antillaise la consolait en la prenant dans ses bras.

Depuis 1793, date de sa création par la Convention, le Louvre n'avait jamais connu de meurtres.

Si les chefs-d'œuvre des collections nationales regorgent de cadavres, de victimes et de suppliciés qui, par la magie du génie créateur, sont les sujets d'œuvres sublimes, le musée, lui, est un havre de paix et de tranquillité, une sorte de temple où le respect des collections engendre un recueillement quasi religieux. Quand un acte criminel est commis, c'est aux toiles que l'on s'en prend, comme ce jet d'acide assassin destiné à *La Ronde de nuit* de Rembrandt au Rijksmuseum d'Amsterdam où ces estafilades infligées par un fou à plusieurs toiles de Poussin du Louvre à l'époque où Malraux était encore ministre de la Culture. Mais, il ne viendrait à l'idée de personne, fût-ce Jack l'Éventreur, de choisir Versailles ou le Louvre pour perpétrer ses assassinats. A moins que l'étrangeté — ou la magie — de ces lieux n'en fasse *a contrario* un terrain idéal pour un complot diabolique dont les témoins muets — ultime caprice d'un meurtrier esthète — seraient la *Vénus de Milo, Monna Lisa* ou la *Pietà* de Villeneuve-lès-Avignon.

La nouvelle du meurtre de Blancart s'était répandue comme une traînée de poudre, semant la consternation parmi les conservateurs et les gardiens.

La brigade criminelle avait passé une partie de la nuit à examiner chaque centimètre carré des *Massacres de Scio* et du parquet de la salle Daru à la recherche d'un indice.

Heureusement, le ménage de la salle avait été fait le matin avant le crime. Faute de quoi toute découverte d'une trace quelconque eût été sans signification, des milliers de visiteurs traversant quotidiennement les salles d'expositions. Les inspecteurs n'avaient rien trouvé si ce n'est une minuscule boulette de papier, comme celui qui enveloppe les bonbons de la marque célèbre « La-souris-qui-chante ». La victime n'avait de sachet de bonbons ni sur elle, ni dans sa boîte à couleurs, restée béante, avec sa myriade de tubes et de petits pots à bouillie pour bébés, dans lesquels les restaurateurs ont l'habitude de conserver leurs mélanges d'huiles siccatives et de solvants.

— Ça n'est certainement pas un Moillon !...

Dans son élégant bureau aux murs de briques apparentes situé au milieu de la coursive baptisée par les initiés « couloir du département des peintures », Pierre Montagne n'était pas content. Les convocations que la brigade criminelle lançait à l'ensemble du personnel de la Conservation des peintures lui faisaient l'effet d'un affront. Qu'un meurtrier pût se cacher parmi les conservateurs était une hypothèse qui lui paraissait hautement risible. Il en était si indigné, qu'il en arrivait à trouver ridicule cette nature morte qu'un intermédiaire avait eu le culot de présenter au Louvre sous le nom de Louise Moillon [5].

L'œil infaillible du conservateur en chef du département des peintures du Louvre ne reconnaissait pas la précision du trait, ni les jeux subtils de transparence qui sont la marque de la quarantaine de toiles répertoriées peintes par cette femme, issue d'une dynastie d'artistes protestants. Pour ces raisons, il savait que ce tableautin ne pouvait être de la main de Louise Moillon. Mais le département des peintures, quoique submergé de propositions d'acquisitions le plus souvent fantaisistes, était bien obligé de les examiner au cas où, comme cela pouvait arriver une fois sur mille, une œuvre aurait présenté un réel intérêt. C'est ainsi qu'un panneau de prédelle par Raphaël avait pu être déniché derrière un « anonyme italien », ou encore un splendide Lorenzo Lotto envoyé par une congrégation religieuse du centre de la France, qui n'avait aucune idée de l'existence de ce chef-d'œuvre de la peinture italienne du XVIe siècle extirpé par un brocanteur de l'invraisemblable bric-à-brac entreposé dans le grenier du bâtiment conventuel.

Pour enrichir les collections nationales, il faut être à l'affût. De nombreux objets importants détenus par le Louvre n'avaient pu être acquis que grâce à l'esprit de fin limier qui anime toujours les grands conservateurs en chef.

Par scrupule — Pierre Montagne était à ce point rigoureux qu'il passait souvent pour un homme cruel

5. Louise Moillon (1610-1696), peintre de natures mortes subtiles.

aux yeux de ceux qui croyaient connaître la peinture ancienne quand ils étaient incapables de distinguer un Poussin d'un Greco — il s'apprêtait à demander à Jacques Boucart, le fougueux patron du service de documentation des peintures, le dossier Louise Moillon. Il connaissait par avance la réponse de Boucart. Elle viendrait sous la forme d'une fiche manuscrite dans laquelle, en quelques lignes d'un style délicieusement suranné, son collègue lui livrerait la substantifique moelle du mètre linéaire de dossiers et de chemises consacrés à Louise Moillon tels que les conserve le service de documentation des peintures. Ces dossiers d'artistes et d'œuvres sont bourrés d'informations glanées dans les revues les plus connues ou les ouvrages de référence, mais aussi dans les plus obscurs catalogues de ventes ou les publications de telle ou telle société savante dont les tirages sont à ce point confidentiels qu'ils sont parfaitement introuvables. Des générations entières d'élèves de l'École du Louvre passent ainsi des heures à découper, à trier et à classer toutes les données relatives à l'artiste ou au tableau inscrit sur les inventaires du Louvre. Au fil des ans, les dossiers grossissent car il se publie toujours plus d'articles savants à propos d'œuvres dont on pourrait penser que tout a déjà été dit. Ces limiers de l'histoire de l'art ne sont pas pour rien dans la découverte d'une toile inconnue d'un artiste célèbre, et surtout dans le reclassement ou le déclassement de certaines toiles du département des peintures. Rituellement, à l'occasion d'un article de fond dans la *Revue du Louvre* ou d'une notice particulièrement fouillée d'un catalogue d'exposition, les œuvres voient leur attribution consacrée, affirmée ou, au contraire, infirmée. Ainsi, M. Giorgione [6] peut devenir M. Titien [7]. M. Rembrandt [8] peut aussi bien se retrouver à la rubrique « école » du susnommé, ou telle improbable « école italienne du XVIIe siècle » peut se hisser au statut de Poussin [9] original et reconnu comme tel par l'ensemble de la critique. Les historiens d'art ont ainsi le redoutable pouvoir de faire passer de l'enfer de « école de » au paradis de l'attribution nominative.

— Ça ne *saurait* être un Louise Moillon.

Pierre Montagne n'avait aucune envie de téléphoner à Boucart. Il pestait intérieurement et tirait sur la grande écharpe rouge qu'il portait toujours sur des costumes anglais à rayures. L'écharpe lui allait bien. Il la choisissait toujours du rouge le plus vif, celui dont Frans Hals rehaussait, pour mieux les faire ressortir, les tuniques noires et les collerettes blanches des dignitaires de sa bonne ville de Haarlem, qui lui servaient de modèles. Cette écharpe, aussi phosphorescente que longue, ne laissait personne indifférent, surtout pas dans les vernissages mondains des grandes expositions où elle faisait frissonner les dames des dîners en ville et les marchands de peinture ancienne.

Le conservateur en chef avait la mine renfrognée

6. Giorgione (1478-1511), peintre vénitien de la Renaissance.
7. Titien (1477-1576), peintre vénitien de la Renaissance.
8. Rembrandt Van Rjin (1606-1669), peintre hollandais, auteur de *La Ronde de nuit* (Amsterdam).
9. Nicolas Poussin (1594-1655), créateur de l'École française classique.

des mauvais jours. A la découverte du corps de Blancart accroché comme à un portemanteau venait s'ajouter un autre ennui, ce qui faisait penser à Montagne qu'un malheur n'arrive jamais seul.

L'objet de son irritation tenait dans un feuillet de format 21 × 29,7 qu'il avait posé sur le plateau de verre de son bureau. Il s'agissait d'une note administrative comme on en reçoit des dizaines chaque jour lorsqu'on occupe un poste de rang élevé dans l'administration publique. La note émanait du cabinet du ministre de la Culture et des Grands Travaux. Il ne s'agissait pas d'une note technocratique rédigée dans ce style impersonnel et rhétorique inimitable qui n'a pas varié depuis Courteline et continue à faire le bonheur des chefs de bureau spécialisés dans les corrections de virgules. Elle était adressée à Pierre Montagne lui-même. Le signataire en avait également envoyé une copie au directeur des Musées de France en personne.

Le texte était court. Il claquait comme un fouet :

NOTE À *M. Pierre Montagne*

Conservateur en chef du département des peintures du musée du Louvre

Je vous serai reconnaissant de bien vouloir, désormais, faire diligence pour le prêt à la National Gallery de Washington de La Dame à la Toison d'Or *(n° d'inventaire : MN.1856.a).*

Notre ambassade aux États-Unis a promis une réponse définitive le 20 octobre prochain.

Signé : Le Conseiller du ministre
Jean-Michel Bornat

La signature de l'auteur de la note était suivie d'une phrase manuscrite à l'encre noire : « Le Ministre souhaite que cette affaire se débloque très vite. » L'écriture était vive, le trait épais caractéristique des plumes des gros stylos luxueux du type Montblanc ou Parker. La phrase avait été soulignée, pour bien en signifier l'urgence, comme si l'auteur prenait Pierre Montagne pour un naïf ou un imbécile.

Bornat, « conseiller auprès du ministre ». Un titre obscur, mais qui permettait à son titulaire de traiter comme un laquais l'un des plus émérites conservateurs en chef du musée du Louvre. Un drôle de petit bonhomme, ce Bornat ! Plutôt terne et insaisissable, vêtu d'un inusable blazer lie-de-vin à rayures gris souris. « Une colonne de Buren à deux pattes », disaient méchamment de lui les conservateurs stagiaires du Louvre. La « colonne de Buren ambulante » était entrée au cabinet de Jack Lang un an plus tôt en remplacement de Bruno Dolardelle, conseiller technique chargé des musées et du patrimoine, promu depuis directeur de la Caisse des monuments historiques.

La nomination de Jean-Michel Bornat avait surpris le microcosme culturel parisien où tout le monde se connaît et se déteste tout en affichant, vis-à-vis de toute intrusion extérieure, une solidarité de tous les instants. Malheur à celui qui, sans en avoir l'étiquette ou le droit, s'aventure ainsi en terrain culturel : s'il est illégitime, les « milieux culturels » l'excluent sans crier gare et de manière impitoyable. Nul ne savait par quel biais assurément tortueux Bornat avait réussi à forcer la porte de l'étage noble de la rue de Valois. Il n'était ni énarque, ni romancier aux tirages confidentiels, ni auteur dramatique aux pièces plus souvent lues que jouées. Sciences po et l'École du Louvre — titres qu'il avait le culot de faire figurer sur sa carte de visite — avaient dû servir de viatique à ce nouveau venu que Jack Lang reconnaissait lui-même — en petit comité — connaître fort peu : il lui avait été recommandé par des lointains copains d'études de droit à Nancy, à l'époque où il écrivait une thèse sur les rapports entre l'État et le théâtre tout en animant le festival mondial qui l'avait fait connaître.

Bornat, comme tout conseiller de cabinet-qui-doit-faire-ses-preuves avait rapidement acquis une réputation de travailleur acharné. Les mauvaises langues prétendaient même qu'il habitait rue de Valois et couchait sur un lit de camp dans son bureau. Il n'hésitait pas à convoquer le vendredi après 18 heures ou le lundi dès 8 heures du matin les hauts fonctionnaires du ministère, qu'il empêchait ainsi de se rendre en province le week-end pour assister aux innombrables manifestations culturelles où ils faisaient mine de croire leur présence indispensable.

Les vieux routiers, dont certains commençaient déjà à blanchir sous le harnais du temps de Malraux, pestaient contre ce jeune homme pressé et cassant qui avait l'âge de leur fils, et abusait sans vergogne de la célèbre formule passe-partout « le ministre veut que... ». Il avait même poussé la cruauté jusqu'à faire attendre deux bonnes heures dans l'antichambre l'éminent Jean Ravier, historien de la période moderne et auteur à succès de bibliographies historiques, de surcroît directeur général des Archives nationales, tout en sachant pertinemment que cette attente empêcherait son visiteur d'assister à la séance mensuelle de l'Académie des inscriptions et belles-lettres qu'il était supposé, ce jour-là, présider en personne. Un autre jour, c'était le directeur des Antiquités préhistoriques de Provence-Côte-d'Azur qui avait dû annuler sa participation au Congrès archéologique mondial en Chine parce que le conseiller du ministre lui avait fortement suggéré de siéger à un obscur comité paritaire auquel sa présence n'était en rien nécessaire.

Ce comportement avait attiré à Bornat, en quelques mois, des inimitiés considérables au sein de l'administration culturelle. La « colonne de Buren ambulante » était à la fois haïe et crainte. Chacun redoutait ses foucades et ses caprices. Certains commençaient même à trembler pour leur poste et l'on murmurait parfois dans les couloirs de la direction des Musées de France que le conseiller technique aux dents longues était bien placé pour en devenir dans quelques mois le directeur... Ces ragots donnaient un haut-le-cœur à Pierre Montagne. Il voyait dans l'idée de confier à Bornat des responsabilités opérationnelles à la tête des musées quelque chose qui s'apparentait à de l'obscénité. Dans ces moments-là, il se consolait en se disant que le pire n'était jamais sûr. Le premier crime commis au Louvre allait être suivi d'un second, perpétré celui-ci contre le patrimoine national.

— Quel culot ! A qui croit-il s'adresser sur ce ton ? pensa-t-il *in petto* après avoir procédé à une quadruple lecture de la note administrative.

Elle lui paraissait surréaliste dans la forme. Le contenu, à vrai dire, l'épouvantait. Qu'on puisse jouer avec le patrimoine national était une idée qui le révulsait. Il avait pensé à tort que l'offensive du cabinet tournerait court, et que l'avis des experts, pour un tableau aussi important, prévaudrait. Il s'était trompé.

Ainsi, le « conseiller du ministre » passait à l'épreuve de force ! Montagne lui avait pourtant redit la veille, par la voie téléphonique, et le matin même à l'occasion d'un passage éclair de Bornat dans la salle Daru pour écouter les premières conclusions de l'enquête de police, ce qu'il lui répétait depuis bientôt deux semaines : l'état de conservation de *La Dame à la Toison d'Or* excluait complètement un prêt extérieur, fût-ce auprès d'une institution aussi prestigieuse que la National Gallery de Washington. Le panneau de bois ne supporterait jamais les secousses du transport et les variations hygrométriques qui s'ensuivraient. Il croyait l'avoir convaincu. Il n'en était rien.

La Dame à la Toison d'Or ! Pierre Montagne éprouvait une attirance pour ce tableau depuis qu'à l'âge où d'autres jouent au cerceau, son père l'avait initié au Louvre, où la promenade dominicale de la famille Montagne, un couple de normaliens sachant écrire, titulaires d'une chaire de première supérieure, respectivement aux lycées Henri-IV et Louis-Le-Grand, les conduisait invariablement après un repas familial pris à la Brasserie Périgourdine. Il se souvenait encore du choc de la rencontre avec ce panneau d'olivier de moins de quarante centimètres de côté, mal accroché dans l'un de ces « petits cabinets » ouverts au public un jour sur trois, selon l'humeur du gardien en faction devant leur entrée.

Œuvre de jeunesse de Dürer [10], peinte vraisemblablement à Colmar en 1492, *La Dame à la Toison d'Or* représentait la quintessence de l'art du peintre de Nuremberg, dans ces années de formation au cours desquelles il avait pu découvrir les chefs-d'œuvre de la peinture flamande. Cette rencontre entre les Flandres riantes et l'Allemagne sévère avait donné naissance à une peinture d'une délicatesse exceptionnelle, aux coloris d'une fraîcheur printanière que le temps avait miraculeusement préservés. Les roses saumon, les mauves lavande alternaient avec des verts jade et des blancs laiteux à souhait. Un vrai plaisir des yeux. Le modèle n'avait pu être identifié. Il s'agissait d'une jeune femme blonde au regard azuré d'une infinie tendresse. Elle était vêtue d'une robe de soie rouge sang — seule touche de couleur vive du tableau — brodée de perles et de grenats. Autour de son cou, tel un pendentif, la chaîne de l'ordre de la Toison d'Or brillait de mille feux. Les plus grands historiens d'art avaient tenté de placer — en vain — un nom sur ce portrait. Peine perdue. *La*

10. Albrecht Dürer (1471-1528), peintre et graveur allemand.

Dame à la Toison d'Or n'avait jamais daigné livrer son secret.

L'un des rêves de Pierre Montagne, ou plutôt un phantasme qu'il n'avait du reste jamais osé avouer à quiconque, aurait été — à l'occasion d'un de ces mois d'août studieux qu'il passait dans les bibliothèques et les archives les plus vénérables de notre planète — de pouvoir baptiser cette créature tout droit descendue des cieux. Il aimait *La Dame à la Toison d'Or* comme une maîtresse. Il désespérait, depuis son plus jeune âge, de lui donner un nom. S'il avait eu à choisir son époque, dans la machine à remonter le temps, nul doute qu'il eût pris l'année 1492. De Paris où, apprenti peintre, il aurait travaillé dans l'atelier des Clouet, il se serait alors rendu à Colmar pour demander à Dürer l'adresse de la belle inconnue. Bref, Pierre Montagne n'était plus le même homme lorsqu'il pensait à *La Dame à la Toison d'Or* et à ce regard indéfinissable qu'elle promenait sur le monde. Il était envouté, prisonnier de son rêve et de sa passion.

Le panneau avait gardé son cadre d'origine : un travail d'ébénisterie d'une rare somptuosité, doré à la feuille, fait de pampres et de rameaux d'olivier délicatement entrelacés. Les cadres aussi sculptés étaient rares. Celui-ci témoignait de l'importance du portrait. Probablement s'agissait-il d'une commande princière, voire royale. Au milieu de la bordure supérieure, un cartouche orné de festons portait un monogramme qu'aucun historien d'art ni héraldiste n'était, pour l'instant, parvenu à déchiffrer. Montagne avait son idée sur cette énigme. Depuis son plus jeune âge, il était persuadé que le monogramme figurant sur le cartouche ne pouvait être que celui de la belle inconnue qui avait servi de modèle à *La Dame à la Toison d'Or*. Cette conviction, qu'il n'avait pas jugé utile de faire partager à quiconque, l'avait amené à attacher une importance inusitée — que certains de ses collègues n'étaient pas loin de lui reprocher — aux encadrements des tableaux. Il avait spécialement désigné, à cet effet, une jeune conservatrice du département au profil raphaélite, Marie-Catherine Bahut. La jeune femme gérait l'énorme stock de cadres du département des peintures du Louvre, dont la plupart s'entassaient dans une réserve située dans les combles du palais au-dessus du Salon carré.

Peu de toiles possèdent, en effet, leur cadre d'origine. Souvent, les amateurs du XIXe siècle ont substitué aux encadrements d'origine des dorures pompeuses qu'on remplace peu à peu dès qu'un cadre d'époque « colle » à la dimension d'une peinture. Marie-Catherine avait ainsi réussi à replacer dans leurs encadrements originaux de nombreuses toiles que les conservateurs du siècle précédent avaient besogneusement fait enchâsser dans d'épaisses cornières aux dorures criardes et standardisées.

Les Lebrun avaient ainsi retrouvé leurs cadres sculptés, et les natures mortes hollandaises leurs écrins d'ébène incrustés de lapis-lazuli et de marbres de Carrare. Parfois, les cadres étaient trop grands. La mort dans l'âme, Pierre Montagne les envoyait chez Jean Grisoni, un Corse à la barbe noire et au sourcil broussailleux dont l'atelier, situé sous l'escalier en fer à cheval de la cour Lefuel, était devenu l'infirmerie des encadrements du département des peintures. Au milieu de la poussière de sciure et des photos de playmate de *Lui* ou de *New Look,* dans le vacarme assourdissant des scies sauteuses et des scies circulaires, Grisoni accomplissait des miracles. Il raccourcissait les cadres anciens en les coupant aux coins, et reconstituait moulures et sculptures manquantes, tout en les faisant raccorder parfaitement. Puis il passait les jus et les décoctions nécessaires pour vieillir le bois et colorer le plâtre ou les mastics. Il redorait, repolissait, arrivait à faire brunir les teintes et à en faire sortir les patines. Après passage chez Grisoni, les cadres paraissaient avoir été faits pour la toile ou le panneau qu'ils sertissaient, comme un bijoutier enchâsse les pierres précieuses sur son étal. Pierre Montagne, lorsqu'il voyait le Corse à l'ouvrage, ne pouvait s'empêcher de penser qu'il tenait là un faussaire hors pair pour trafiquer les meubles anciens et redonner du lustre à des pièces invendables. Cette réflexion faisait frémir son instinct de conservateur des Musées nationaux, mais, au fond de lui-même, cela finissait par l'amuser. Comme tout vrai amateur de peinture, il avait pour le mobilier ancien une manière d'aversion qu'il s'efforçait de transformer en condescendance.

Pierre Montagne n'avait jamais tenté de discuter avec Jean Grisoni du monogramme figurant sur le cadre du panneau peint par Dürer. Le Corse n'avait même pas son bac ; autodidacte pur, il ne pensait qu'avec ses mains. Montagne n'avait pas non plus éprouvé le besoin de lui confier l'objet, vu son excellent état de santé. Il avait bien eu l'astuce, un jour, d'inciter le professeur Maysse à délivrer un cours sur Dürer, à l'École du Louvre, dans l'espoir que cet érudit pût, le moment venu, essayer de résoudre l'énigme. Mais cet éminent expert en art allemand l'avait regardé avec des yeux ahuris lorsqu'il lui avait demandé, sur le ton le plus ingénu du monde, s'il prévoyait, au cours des vingt séances qu'il allait consacrer au peintre de *La Dame à la Toison d'Or,* de faire un exposé sur le cadre dans l'œuvre de Dürer. Il s'était entendu répondre par Maysse que le vin ne se jugeait pas à la forme de la bouteille ou quelque chose d'approchant. Montagne n'avait rien dit, lui qui trouvait — sans rire — que le champagne avait un goût différent selon qu'on le dégustait dans une coupe ou dans une flûte. L'auditoire de Maysse à l'École du Louvre, composé d'un tiers de dames NAP (Neuilly-Auteuil-Passy), d'un tiers d'étudiants passionnés et d'un tiers d'artistes soucieux de comprendre comment leurs illustres prédécesseurs opéraient, ne saurait donc jamais comment Dürer procédait pour faire encadrer ses peintures. Il continuerait d'ignorer ce processus par lequel l'artiste s'était détaché de la tradition moyenâgeuse du cadre armoire (avec panneaux de fermeture) ou du retable à pinacle, véritable chef-d'œuvre d'architecture en miniature sur lequel le nom de l'encadreur-ébéniste dûment gravé prend autant d'importance — si ce n'est plus — que celui du peintre lui-même. Décidément, ce Maysse n'avait aucun nez. C'est du moins, en guise de consolation, ce que Pierre Montagne se disait en repensant à la tête du pauvre professeur d'université lorsqu'il lui avait proposé cette piste d'étude.

L'énigme, faute de temps et, surtout, de motivation, risquait de rester sans réponse. Heureusement pour Pierre Montagne, Simon Frisquet était alors arrivé au département des peintures, ce qui lui avait rendu le moral.

Frisquet avait été brillamment reçu au concours de conservateur des Musées nationaux l'année précédente. Montagne l'avait repéré dès l'oral du concours. L'épreuve s'était tenue comme à l'accoutumée dans la bibliothèque de la conservation du Louvre, une pièce aveugle, très haute, bourrée de livres poussiéreux et de revues savantes jaunies, qui donne sur le fameux « couloir de la conservation », un long corridor situé au dernier étage de la cour carrée, côté Seine. Le « couloir de la conservation » fut longtemps le saint des saints du musée du Louvre.

Jusqu'au début des années 70, les bureaux des conservateurs en chef des départements donnaient sur ce couloir telles des cellules nonacales ouvrant sur un cloître. Les patrons de département du Louvre étaient de grands féodaux pour la plupart membres de l'Institut. Beaucoup ont laissé un nom et un souvenir illustres, dans leurs disciplines respectives : Jacques Vandier, l'un des hommes les plus érudits et les plus délicieux de son temps, pour les antiquités égyptiennes ; André Parrot, l'inventeur de Sumer [11], ami de Malraux, pour les antiquités orientales ; Pierre Pradel au profil d'aigle, pour les sculptures ; Pierre

11. Sumer, capitale mésopotamienne.

Verlet, le meilleur connaisseur de Versailles, pour les objets d'art ; et Germain Bazin pour les peintures, dont Malraux obtint la démission après que *La Diseuse de Bonne Aventure,* le chef-d'œuvre de Georges de La Tour [12], se retrouva un beau jour, à la stupéfaction du Parlement et de l'opinion qui le croyaient encore en mains privées françaises, accroché aux cimaises du Metropolitan Museum de New York.

Au cours de cet oral, devant un jury composé des grands conservateurs en chef des Musées nationaux, Simon Frisquet s'était livré à un exposé éblouissant sur l'encadrement dans la peinture primitive italienne. Touché à l'extrême par cette connivence, Pierre Montagne avait regardé attentivement le dossier de Frisquet, mis à la disposition, comme il se doit, des membres du jury. Il s'était aperçu, non sans ravissement, que l'intéressé achevait une thèse de troisième cycle sur « le cadre en Europe du Nord du XVe au XVIIe siècle ». Tenant là l'oiseau rare qu'il ne souhaitait pas voir échapper, il s'était entendu avec le directeur des Musées de France, président en titre du jury du concours, pour prendre Frisquet en stage au département des peintures si l'impétrant devait être reçu à l'oral. Ce qui fut fait.

Au bout de quelques mois, il avait donc facilement vendu au jeune Frisquet le projet d'un article de la *Revue du Louvre* sur « l'énigme du cadre de *La Dame à la Toison d'Or* ». Frisquet n'avait pas encore trente ans. Très blond, il portait de fines lunettes cerclées

12. Georges de La Tour, peintre lorrain (1593-1652), né à Lunéville.

d'or et des nœuds papillon à fleurs. Ses yeux gris-bleu impressionnaient volontiers les dames. Charmant et courtois, il savait faire preuve d'une grande fermeté de caractère et s'était imposé rapidement aux « hommes d'équipe », ces solides et musclés manutentionnaires de tous les objets du Louvre. Ces ouvriers sont des durs à cuire. Payés par l'État à peine plus que le SMIC alors qu'ils passent la journée à transporter des toiles, des marbres et des meubles dont les valeurs d'assurances se chiffrent par dizaines, voire centaines de millions de francs, ils se recrutent généralement dans une dizaine de villages corses autour de Corte. Les accidents sont rares ; une fois tous les dix ans, il arrive qu'une tringle d'accrochage transperce une toile — un chef-d'œuvre de Delacroix en 1969 — qui est aussitôt réparée par les restaurateurs. Ces hommes forment un clan solide et ne respectent que les conservateurs sachant faire preuve d'esprit de commandement. Frisquet était de ceux-là. Il avait accepté la proposition de Montagne avec enthousiasme. Depuis plusieurs semaines, ses samedis étaient consacrés aux recherches nécessaires à la rédaction de cette étude qu'il souhaitait fouillée, érudite : en un mot, exemplaire.

Simon Frisquet, grand joueur de tennis, abonné au Racing Club de France où il retrouvait les demoiselles du NAP auxquelles il contait volontiers fleurette, passait désormais ses week-ends à la Bibliothèque nationale où il se délectait à la lecture de la littérature — beaucoup plus abondante qu'on ne l'imagine — allemande, anglo-saxonne et italienne sur l'encadrement du cadre. Il avait notamment exhumé une thèse soutenue à Leipzig en 1923, par un érudit bavarois qui avait consacré sa vie à l'histoire des cadres en Occident, des origines à la fin du XIXe siècle. Au chapitre concernant les cadres allemands de la Renaissance, Simon Frisquet avait trouvé une mine de références bibliographiques et d'archives sur les ébénistes du cercle que fréquentait Dürer. Avec un peu de patience et d'opiniâtreté, il ne désespérait pas de trouver la clé de l'énigme que Pierre Montagne l'avait — sans le lui dire clairement — chargé d'élucider. Cette piste l'excitait. Il éprouvait l'ivresse du détective qui cherche le meurtrier dans une affaire complexe où chacun paraît posséder un alibi solide.

Simon Frisquet passa dans le couloir au moment où Pierre Montagne relisait pour la énième fois la note cinglante de Bornat. Il en était à sa troisième tasse de café et grillait cigarette sur cigarette. Sa secrétaire, prudemment, s'était enfermée dans son bureau.

Pierre Montagne héla le jeune conservateur stagiaire :

— Frisquet. Pouvez-vous venir quelques instants ? Je veux vous montrer quelque chose.

— C'est au sujet du meurtre ?

— Oh non ! Je ne me sens pas une âme de policier. Lisez plutôt, dit-il en lui tendant la note de Bornat.

— C'est incroyable. Quelle prose ! J'espère que la direction des musées va empêcher cette forfaiture.

Simon Frisquet avait employé un qualificatif très grave puisque ce terme juridique vise les juges qui n'ont pas respecté leur code de déontologie, ou le principe de séparation des pouvoirs, l'un des fondements de notre démocratie.

La fouguc du jeune Frisquet n'était pas pour déplaire à Montagne qui commençait à voir dans cet impétueux jeune homme une personnalité digne de lui succéder, un jour. Il avait déjà échafaudé le plan de carrière qui permettrait à ce garçon doué — à condition qu'il confirme les promesses qu'il plaçait en lui — de devenir dans vingt-sept années très exactement, moment où il prendrait sa retraite, le digne dépositaire des clés de la collection des peintures du Louvre.

Pierre Montagne referma la porte de son bureau, respira profondément et appela sa secrétaire qui tapait à longueur de journée dans le petit bureau attenant au sien le courrier de ministre reçu et envoyé par le patron des peintures du Louvre. Le regard tourné vers les jardins du Carroussel envahis à cette heure par des bambins des beaux quartiers gardés par des filles au pair et des étudiantes, il lui dicta la note suivante :

Pierre Montagne,
Conservateur en chef du Département des peintures du Louvre
à
Monsieur le Directeur des Musées de France
sous couvert de Monsieur le Directeur du Louvre

Suite à la note de M. J.-M. Bornat, conseiller technique au cabinet du Ministre, j'ai le devoir de vous faire part de ma position concernant le projet de prêt temporaire de La Dame à la Toison d'Or *de Dürer (Inventaire n° M.N.*

1856.a) à la National Gallery de Washington pour l'exposition « Dürer et son temps » de janvier à avril 1989.

Il m'est impossible de revenir sur la décision prise au sein du comité des conservateurs du 19 mars 1978 subordonnant toute décision relative à un déplacement hors du Louvre d'une peinture sur panneau de bois à l'établissement d'un rapport du laboratoire des Musées de France.

Cette décision, comme l'indique le compte rendu daté du 21 mars 1978 de ce comité, avait été prise à l'unanimité par les conservateurs en chef des départements du Louvre et des Musées nationaux.

En conséquence, je demande dès ce jour à Madame M. Hours de bien vouloir me communiquer le résultat des travaux qu'elle a entrepris sur l'état de La Dame à la Toison d'Or.

Signé : *Pierre Montagne*
Conservateur en chef
du Département des peintures
du Louvre

*

Pendant que Pierre Montagne dictait ces lignes, quelques dizaines de mètres plus bas, dans les sous-sols du même pavillon de Flore, Madeleine Hours essayait d'oublier l'émotion que lui avait procurée le premier crime perpétré au Louvre, en se faisant expliquer par son directeur technique le fonctionnement d'Aglaé, l'accélérateur de particules permettant d'analyser les matériaux constitutifs d'une œuvre d'art, grâce au rayonnement gamma. Les techniciens du commissariat à l'Énergie atomique venaient d'installer Aglaé au laboratoire d'analyse scientifique du musée du Louvre.

Silhouette imposante campée dans des tailleurs Chanel, Madeleine Hours avait acquis la célébrité auprès du grand public à la suite d'une remarquable émission de télévision intitulée « Les secrets des chefs-d'œuvre » diffusée par l'ORTF dans les années 60, au cours de laquelle elle présentait les radiographies de quelques toiles vedettes des collections nationales.

Cette maîtresse femme régnait sans partage sur le laboratoire des Musées de France depuis 1961, lorsque André Malraux l'avait appelée du CNRS. La première, elle avait mesuré ce que la science pouvait apporter à l'art. Ultraviolet, infrarouge, fluorescence X et, à présent, rayons gamma : tout était bon pour percer le secret d'un tableau, qu'il soit peint sur toile ou sur bois, pour lire les « repentirs » recouverts par le peintre et surtout, ce qui est capital, pour en détecter les restaurations abusives et les repeints ultérieurs. Grâce à la chromatographie en phase gazeuse, le laboratoire arrivait à analyser les pigments utilisés dans les couleurs, ce qui constitue le plus souvent un moyen de datation quasi infaillible. Ainsi peut-on arriver à situer l'exécution d'une œuvre à quelques années près.

Une armée de chimistes, d'électroniciens et d'informaticiens entourait en permanence cette grande dame qui délivrait ses diagnostics comme un grand patron hospitalier entouré de ses internes. Les constats de Madeleine Hours, dans leur sécheresse scientifique, étaient devenus le complément indispensable de tout dossier d'œuvre digne de ce nom. Celui qu'elle avait établi sur *Monna Lisa,* cité en exemple à tous les élèves de troisième cycle de l'École du Louvre, était un modèle du genre. Il ne tenait pas en moins de cent pages écrites serrées. Léonard de Vinci [13] avait peint son modèle sans l'ombre d'une hésitation ; les radiographies du tableau le plus célèbre du monde n'avaient rien révélé au-dessous ; l'ultraviolet avait mis en évidence l'extraordinaire technique de Léonard, virtuose des glacis posés en superposition transparente (le célèbre « sfumato »). On se disait, à la lecture du rapport, que le peintre-ingénieur aurait aimé pouvoir l'établir lui-même tant l'analyse scientifique du tableau corroborait les commentaires esthétiques qui en avaient été faits.

Madeleine Hours s'apprêtait à placer à l'extrémité du canon à rayons gamma d'Aglaé un minuscule élément de prédelle siennoise du XIIIe siècle pour effectuer le premier test de l'efficacité de l'énorme machine, un monstre technologique, informatique et électronique qui occupait un local de plus de 200 m² au cœur même du laboratoire, lorsqu'on l'appela au téléphone.

C'était Pierre Montagne.

Elle éprouvait du respect et de la sympathie pour « son jeune et néanmoins expérimenté collègue », ainsi qu'elle le définissait.

— Allô ! Madeleine ? J'ai besoin de votre concours. Rassurez-vous, ce n'est pas pour le crime

13. Léonard de Vinci (1458-1519).

de la salle Daru. Il s'agit du panneau de Dürer que j'ai fait transporter ce matin chez vous.

Montagne essayait d'avoir l'air enjoué, sans trop y parvenir.

— Je m'en doutais. J'ai pris les devants. Oui, figurez-vous que je vous ai déjà préparé le dossier. Nous avons examiné la texture du bois. Je n'ai pas besoin d'aller plus loin. Un changement d'un dixième d'hygrométrie et le panneau d'olivier se fendille.

Pierre Montagne était plus rassuré. Ce genre d'observation réduisait les risques de prêt du tableau : au moins une bonne nouvelle dans cet océan sinistre où il évoluait depuis la veille. Si elle avait été présente dans son bureau, elle aurait décelé le soulagement qu'il éprouvait, à la façon dont il s'était assis à même son bureau, le regard tourné vers les jardins du Carrousel, soudain plein d'indulgence pour le cortège de bambins et de filles au pair, bien qu'il détestât le laisser-aller et les papiers gras qui les accompagnaient généralement.

— Madeleine, pouvez-vous me l'écrire ? J'ai besoin du rapport le plus vite possible...

Il avait pris un crayon et faisait mine d'écrire ou plutôt de dessiner sur sa table de verre.

— Ce sera terminé pour ce soir.

Et Madeleine Hours raccrocha vite le combiné pour ne pas perdre le dernier réglage du tube d'Aglaé devant lequel s'affairaient les deux ingénieurs les plus expérimentés de son équipe, vêtus de blouses immaculées et coiffés de toques en tissu de papier.

Elle donna à un ingénieur électronicien un ordre

très bref, sur le ton du chirurgien demandant à l'infirmière de préparer un geste opératoire.

— Vous placerez une microsonde électronique dans le carré inférieur gauche de *La Dame à la Toison d'Or*.

Les microsondes électroniques permettent d'aller inspecter la couche picturale d'un tableau sans l'abîmer, et d'obtenir ainsi quantité de données et d'informations non perceptibles à la surface.

— Oui, chef ! répondirent en chœur les deux ingénieurs qui n'attendaient qu'un signe pour placer leur sonde.

Cela avait été dit sans l'ombre d'une ironie. Madeleine Hours surveilla la façon dont la microsonde fut placée. Elle sourit. Le travail était conforme à ses souhaits. Elle aimait le respect des protocoles techniques par ses collaborateurs et cette atmosphère quasi-militaire qui règne dans les laboratoires où l'on trouve, parfois, ce que l'on recherche. Mme Hours, en un mot, ne détestait pas qu'on l'appelât « chef ».

Le soir même, Pierre Montagne recevait, sous une belle chemise rouge au sigle du Laboratoire des Musées de France, le dossier complet d'analyse scientifique du tableau. Le document comportait une centaine de feuillets, diagrammes et photos. Une première partie traitait de l'analyse par la fluorescence X du panneau de Dürer. Des macrophotographies à l'infrarouge laissaient entrevoir à la place du collier de la Toison d'Or, une croix pectorale beaucoup plus classique, du type épiscopal, témoignant ainsi d'un rajout de l'accessoire qui avait donné son nom au portrait. Ironie du sort, l'ordre de la Toison d'Or n'était finalement qu'une donnée secondaire, ajoutée, pour des raisons qu'il restait à élucider, par Dürer. Cet élément nouveau ne faisait que renforcer l'attirance que Montagne éprouvait pour ce portrait décidément de plus en plus énigmatique. La radiographie permettait d'observer la manière de Dürer, les traits de ses pinceaux et les repentirs de la courbure du cou, qu'il n'avait eu de cesse d'affiner pour lui donner cet aspect de liane dans un style annonciateur du maniérisme européen. Madeleine Hours avait fait prélever de minuscules particules de substance picturale qui, préparées en coupe, avaient donné lieu à une analyse stratigraphique et scintigraphique dont les agrandissements procuraient la sensation d'un paysage lunaire. Dürer n'avait pas utilisé moins de sept couches de couleurs. Grâce au travail de la microsonde électronique de Castaing, le laboratoire avait mis en évidence la carte de répartition des éléments présents dans la couche picturale : plomb, aluminium, phosphore, calcium. La chromatographie en phase gazeuse avait détecté l'utilisation d'huile d'œillet pour le liant pictural et la spectométrie d'absorption infrarouge, celle de la cire pour le lissage des bistres. Des graphiques illustraient ces constatations : les dessins scientifiques répondaient en écho à la peinture elle-même en retraçant en images les matières que l'artiste avait utilisées.

Mais la partie la plus importante du dossier traitait de l'analyse de l'état du support. Les images radiographiques de la planche de noyer sur laquelle avait été peinte *La Dame à la Toison d'Or* ne laissaient aucun doute sur la fragilité des fibres végétales. Au microscope électronique à balayage, le tissu ligneux laissait apparaître « une texture anormalement large due à une dessiccation prolongée impliquant une perte substantielle de densité », ce qui, dans le jargon technicien, signifie un très mauvais état du bois rendant périlleux la moindre manipulation et tout transport.

La conclusion de Madeleine Hours tenait dans les quelques lignes de la dernière feuille du dossier. Tapées en gros caractères, elles constituaient la meilleure réponse à la note comminatoire de Bornat :

« L'état du support ligneux ne permet pas d'envisager le transport de cette œuvre dans des conditions de sécurité satisfaisantes. »

Pierre Montagne exultait lorsqu'il acheva de feuilleter le pavé du laboratoire. Il le fourra dans sa sacoche pour le lire à tête reposée chez lui après dîner. Il ne lisait rien d'autre que des revues d'histoire de l'art ou des ouvrages scientifiques. Il faisait partie de ces gens qui s'obligent à donner beaucoup plus qu'ils ne reçoivent et éprouvent de la honte à se laisser distraire, ne serait-ce qu'une minute, du temps qu'ils consacrent à leur activité.

Montagne, pour nous résumer, ne vivait que pour les collections picturales dont il avait la charge, et il n'était pas du genre à céder à un quelconque chantage lorsque leur conservation était en jeu.

Dans le bus qui le ramenait chez lui, il caressait le volumineux rapport de Madeleine Hours comme un shérif flatte la crosse de son Smith and Wesson. Pour un peu, il en aurait oublié le corps horriblement supplicié du restaurateur Blancart, pendu au-dessus d'une scène de massacre, renvoi dérisoire d'une image réelle à un mythe pictural. Il aimait bien, pourtant, Blancart, l'un des jeunes restaurateurs les plus habiles de l'atelier, un garçon timide au savoir-faire hors pair, à qui il confiait sans hésiter les toiles les plus importantes du Louvre, pour une retouche ou un bichonnage.

Ce meurtre lui paraissait tellement irréel qu'il avait dû, à deux ou trois reprises, se pincer le bras en regardant le corps de son subordonné, en blouse blanche de travail, collé sur le mur rouge, comme une sculpture de Christo qu'un directeur de musée aurait accrochée par erreur ou par provocation dans une salle dédiée à la peinture romantique.

Le musée avait peu à peu retrouvé sa physionomie habituelle après l'afflux de la presse et des caméras de télévision venues filmer la salle Daru dans laquelle les *Massacres de Scio* avaient été raccrochés.

Le lendemain du meurtre, il régnait l'ambiance des grands jours dans l'auditorium de l'École du Louvre, collé à la bibliothèque de ladite École au rez-de-chaussée du pavillon de Flore. L'association des conservateurs avait réuni une centaine de ses membres. Un record, quand on connaît l'individualisme forcené qui règne dans cette profession. Pas un conservateur du Louvre ne manquait, de l'inspecteur général des musées au stagiaire frais émoulu du concours. Versailles avait dépêché cinq conservateurs et la province une trentaine, pour la plupart directeurs des musées classés [1].

La brigade criminelle avait procédé à une vingtaine d'auditions. Pour plus de discrétion, elles avaient eu

1. Les musées classés, au nombre d'une vingtaine, sont les plus importants musées de province.

lieu au Louvre même, dans la bibliothèque, mais sans déboucher sur aucune mise en garde a vue. Tous ceux qui étaient présents au Louvre, le mardi du meurtre, avaient été entendus. L'enquête était partie pour durer et elle avait été confiée au commissaire divisionnaire Dutour de la préfecture de police.

Cette réunion avait été convoquée pour mobiliser les conservateurs contre le projet de prêt du Dürer à Washington, mais beaucoup étaient venus aux nouvelles pour tenter d'en savoir un peu plus que n'en disait la presse sur le crime de la salle Daru.

A la grande satisfaction des conservateurs du département des peintures, l'affaire de *La Dame à la Toison d'Or* avait pris une ampleur inusitée. Une simple lettre du président de l'Association avait suffi à mettre le feu aux poudres. Une pétition au ministre exigeant le refus de prêt avait commencé à circuler. Par décence, Pierre Montagne n'avait pas souhaité s'y associer, considérant que sa démarche, en l'espèce, devait emprunter la voie hiérarchique. Invité à donner des explications sur la position du département des peintures, Pierre Montagne, peu enclin à se mêler à des activités associatives, avait toutefois accepté de répondre favorablement à l'invitation de Gabriel Manaud, le bedonnant et barbu président de l'Association des conservateurs. Manaud, propriétaire de vignobles dans le Vaucluse, s'occupait plus de son vin que de sa carrière. Après des débuts brillants, il n'avait pas tardé à plafonner à la Calchographie du Louvre où, au cours de vingt années de loyaux services, il s'était borné à rédiger le catalogue des « Estampes au ballon » de la collection Edmond de

Rothschild. A cinq ans de la retraite, il avait sollicité le poste de conservateur du musée Calvet d'Avignon qu'il avait obtenu. Il veillait ainsi sur l'une des toiles les plus émouvantes de David[2], *La Mort du jeune Bara.*

Lorsque Montagne pénétra dans l'amphithéâtre, précédé par un gardien martiniquais qui lui servait d'huissier, le brouhaha, par miracle, s'arrêta. Gabriel Manaud lui passa illico la parole tout en le remerciant d'être venu. Il faisait chaud. Manaud suait abondamment et se tamponnait le visage à l'aide d'un grand mouchoir à carreaux rouges et blancs. Il était mal à l'aise. Quelques minutes auparavant, le commissaire divisionnaire Dutour était venu faire un point sur l'enquête. Il était « beaucoup trop tôt pour faire le moindre pronostic » avait annoncé le policier à une assistance avide de savoir comment l'on pouvait tuer en plein Louvre un jeune restaurateur plein d'avenir dont ni le passé, ni la vie privée ne pouvaient apparemment laisser augurer une fin aussi brutale.

Le silence avec lequel l'assistance s'apprêtait à écouter Pierre Montagne témoignait du prestige de sa fonction. Jamais, ses collègues chefs de département du Louvre n'auraient eu droit à un gardien leur ouvrant ainsi le passage, tel un huissier devant un préfet ou un ministre. Mais la peinture étant la quintessence des collections muséographiques, au Louvre, le « département » comme on le surnomme a toujours bénéficié d'une place à part. D'ailleurs, l'endroit le plus célèbre et le plus prestigieux du

2. Jacques Louis David (1748-1825), peintre du sacre de Napoléon.

Louvre, la « Grande Galerie » qui part du fameux « Salon carré (qui a donné son nom aux « Salons ») a toujours été une galerie de peinture ainsi que l'attestent les ravissantes vues d'Hubert Robert représentant ces lieux à la fin de l'Ancien Régime. De même, chaque mois, lorsque siège le Comité des conservateurs en chef, organe de décision des acquisitions d'œuvres d'art par les musées nationaux, le directeur adjoint des Musées, président par intérim du Comité, donne toujours la parole, en premier, au département des peintures dont le conservateur en chef est considéré par ses collègues comme le *primus inter pares,* même si ça n'est pas toujours sans quelques réticences.

— Mes chers collègues, au lieu d'un long discours, je voudrais tout d'abord demander quelques instants de méditation pour perpétuer le souvenir de Pierre Blancart, récemment décédé dans les conditions que vous savez. Je souhaite que l'assassin soit impitoyablement châtié, avant de reprendre quelques instants plus tard... Je vais à présent vous donner lecture du rapport scientifique établi par Mme Hours, directrice du laboratoire du Louvre, au sujet de l'état de conservation de notre Dürer. Il se passe de commentaire. C'est la meilleure réponse que nous puissions apporter à la demande de nos autorités de tutelle.

On entendait voler une mouche lorsqu'il acheva de lire les cinq pages de résumé de l'épais document qu'il avait fait passer deux jours auparavant au directeur des musées sans autre commentaire. Un tonnerre d'applaudissements éclata. L'assistance avait besoin de décompresser après l'évocation du crime et le diagnostic si réservé du commissaire Dutour. Quelques élèves de l'École du Louvre qui devaient être plongés dans leur lecture à la bibliothèque attenante passèrent une tête par la porte du fond. De mémoire d'élève de cours organique, on n'avait jamais vu une telle ambiance dans cet amphi où, d'habitude, des dames élégantes se pressaient pour écouter religieusement Mme Desroches-Noblecourt leur raconter les fouilles de Thèbes et de Louxor, ou Jean Charbonneaux leur décrire avec un brio époustouflant d'érudition et de finesse les grands principes de la sculpture grecque à l'époque de Praxitèle.

— Nous ne laisserons pas faire cette bêtise ! Que dis-je, cette faute.

La voix claire déclencha l'étonnement parmi l'assistance, redonnant à la salle le tonus qu'elle paraissait avoir définitivement abandonné quelques minutes plus tôt. La voix venait du fond. La plupart des conservateurs et des conservatrices présents se retournèrent.

C'était le jeune Frisquet qui, monté sur un banc, haranguait la foule, les mains en porte-voix. On entendait les mots de « scandale », « assassinat patrimonial » plus ou moins couverts par des cris d'approbation.

« Ce jeune garçon ira loin, décidément », songea Montagne tandis que les applaudissements s'amplifiaient. En regagnant la sortie — il avait rendez-vous dix minutes plus tard avec le directeur du Louvre — il aperçut dans le fond de la salle un homme pour lequel il avait toujours éprouvé un sentiment d'aversion. Lorsqu'il croisa son regard, il cessa tout d'un coup de sourire. Pierre Montagne éprouvait envers Sauveur Pantalacci une franche antipathie qu'il était incapable de dissimuler. Cette rencontre subite lui fit l'effet d'une douche froide. Toute la chaleur et tout ce réconfort que cette salle lui avait transmis s'étaient évanouis comme par enchantement. Montagne, comme tous les grands historiens d'art, était hypersensible.

Pantalacci, dit « Panta » dans le petit monde du Louvre, dirigeait le service de sécurité du musée. Il avait effectué toute sa carrière dans un périmètre situé entre la colonnade de Perrault et l'arc de triomphe du Carrousel : recruté comme vigile de nuit, il avait gravi un à un tous les échelons du *cursus* sécuritaire muséographique : vigile de nuit, gardien de jour, gardien-chef, chef du corps des gardiens et, enfin, par promotion interne, chef de la sécurité du Louvre. Un bâton de maréchal : la haute main sur quatre cent cinquante-six gardiens, et surtout le privilège insigne de travailler désormais sans uniforme. Après vingt-cinq ans de port du costume bleu terne et de la casquette sans caractère distinctif — si l'on ose dire — de la tenue des gardiens de musées, la liberté vestimentaire était probablement la conquête qu'il avait le plus appréciée. Aussi cultivait-il ce qu'il croyait être de l'élégance, c'est-à-dire un assortiment de chemises très colorées sur lesquelles on remarquait toujours des cravates à pois aux couleurs criardes.

« Panta » avait réussi le tour de force de s'adapter au nouveau profil social et surtout culturel des gardiens qui, désormais, veillent sur les œuvres dans les salles du Louvre. Jadis, la profession était réservée à ceux qui n'avaient pas eu la chance de devenir gardien de la paix ou gardien de prison. C'était l'une des rares fonctions de l'État à laquelle on avait accès sans concours. Puis les Corses succédèrent aux Continentaux, suivis par les Antillais et les Réunionnais dans les années 70. La décennie 80 avait accentué encore ce bouleversement sociologique. Des étudiants surdiplômés en attente d'un poste et des écrivains passionnés, dont les manuscrits sont refusés par les éditeurs, constituent désormais une part non négligeable de cette corporation, où l'uniforme n'est même plus ce qu'il était. Le badge, parfois, remplace — comme à Beaubourg — la tenue insipide dont le seul mérite était de distinguer le gardien du visiteur lambda. L'aménagement d'un self-service moderne, essentiellement dévolu aux gardiens, décoré par Wilmotte sous la Pyramide du Louvre marque le symbole qui a parachevé cette évolution. Avant, gardiens et conservateurs se contentaient d'une gargote infâme donnant sur la cour Lefuel. Dans une salle enfumée par le graillon dont une partie des tables de formica était réservée à ceux qui apportaient leurs gamelles, des dames poussaient d'énormes tables roulantes avec plats de petit salé aux lentilles ou de maquereau au vin blanc arrosés d'une exécrable piquette qui aurait troué la nappe en papier si la table en avait été pourvue. Cette cantine infâme, totalement inconnue du public, était la honte du Louvre, l'arrière-cour sordide des dorures de la façade. Les conservateurs s'y retrouvaient pour déjeuner très tard, à la fin du deuxième service. Parce que c'était bon marché et qu'on y mangeait en quelques minutes.

« Panta » y disposait de sa table attitrée où les rations étaient doubles. Il avait réussi à conserver cet avantage lors de la transformation de la gargote antique en self crasseux jusqu'à l'inauguration du restaurant ultra-moderne de la Pyramide. Il avait dû alors bon gré mal gré se résoudre à y faire la queue comme tout le monde et à débiter ses consommations et ses plats sur sa carte magnétique. Le progrès technique est le plus souvent ennemi des combines et des situations acquises. L'électronique est l'ennemie des passe-droits, pour ne pas dire des passe-plats.

Pour finir, « Panta » avait fort mauvais caractère. C'est la raison pour laquelle le courant n'était jamais passé entre Montagne et lui. Au demeurant, on ne pouvait pas trouver deux hommes aussi éloignés l'un de l'autre. Autant Montagne alliait la culture, le raffinement et une délicatesse que d'aucuns n'hésitaient pas à lui reprocher dans la façon dont il animait — sans jamais la brusquer — l'équipe de ses collaborateurs, autant « Panta » se conduisait en « caïd » dur et implacable, d'une redoutable efficacité. Il employait volontiers un langage fleuri, parfois même ordurier, y compris avec la gent féminine (le corps des gardiens du Louvre compte plus de 40 pour cent de femmes) et tempérait son mode de commandement musclé par un paternalisme comme seuls savent l'employer ceux qui, comme lui, sont sortis du rang. Il ne détestait pas faire pleurer une jolie Guadeloupéenne en la menaçant d'une sanction administrative, et ensuite passer l'éponge en lui tirant légèrement l'oreille ou en lui tapant sur les fesses tout en lui faisant jurer qu'elle ne recommencerait plus. La pauvrette, généralement, s'exécutait de bonne grâce, trop contente d'échapper ainsi aux foudres du grand chef.

Dès leur première rencontre, le courant n'était pas passé entre le chef des gardiens du Louvre (« Panta » venait d'accéder à ce poste) et le jeune « assistant au département des peintures », Montagne (tel était, à cette époque, le premier grade de la carrière de conservateur) que Germain Bazin, conservateur en chef dudit département, avait chargé de réaménager les salles de peinture française du XVIIIe siècle. « Panta » n'avait pas accepté que Montagne lui reproche un certain laxisme dans la gestion des surveillants de ces salles où, à l'époque, les plus beaux Fragonard faisaient face aux Boucher les plus roses et les plus exquis : au lieu de fermer à 18 heures, selon l'horaire officiel, on y boutait dehors les touristes dès 17 heures 30 au grand dam de ces derniers. Montagne avait exigé d'une voix douce, mais sur un ton qui n'admettait pas la discussion, que les salles restent ouvertes jusqu'à l'horaire habituel. « Panta » avait commencé par éclater de rire devant ce freluquet de vingt ans son cadet qui se permettait ainsi de remettre en cause une pratique immémoriale gravée dans le bronze des traditions du gardiennage du Louvre. Le fait de pouvoir sortir du vestiaire en tenue de ville à l'heure même de la fermeture du musée expliquait cette fâcheuse tendance des gardiens à grignoter toujours plus sur les plages d'ouverture au public. Les gardiens considéraient qu'à l'heure de la fermeture, ils devaient quitter le Louvre alors que Pierre Montagne prétendait qu'ils étaient censés, à la même heure, quitter les salles...

— Un musée est un service public. Les visiteurs sont nos usagers. Nous devons respecter nos horaires, avait conclu sèchement Montagne, devant l'explication volubile dans laquelle Panta s'était lancé. — S'il le faut je vous ferai une note écrite, avait-il ajouté d'un ton qui n'admettait pas la réplique.

Contre toute attente et après arbitrage de Georges Salles, ami de Braque et Picasso, de surcroît directeur des Musées, « Panta » avait dû s'incliner. Depuis, les salles ouvraient bon gré mal gré en respectant les horaires. Restait évidemment l'absentéisme chronique qui affecte souvent ces bataillons médiocrement payés de la fonction publique, et oblige la direction du Louvre à ouvrir le musée partiellement, faute d'un nombre suffisant de gardiens pour surveiller l'ensemble des collections au désespoir des visiteurs, venus souvent de fort loin pour trouver porte close.

Depuis que Pantalacci avait obtenu son bâton de maréchal en tant que chef de la sécurité du musée, les deux hommes avaient été contraints d'établir vaille que vaille des relations professionnelles plus suivies. Quatre fois par an, les conservateurs en chef des départements du Louvre se voyaient convoqués à une réunion de la commission de sécurité, au cours de laquelle Pantalacci exposait, dans un langage imagé et avec son accent corse inimitable, les actions à mener pour mieux assurer la protection du public en cas d'incendie ou encore pour protéger — tout simplement — telle partie du bâtiment dans laquelle on avait détecté des failles béantes dans le système de sécurité !

Le palais du Louvre s'apparente davantage à un gruyère qu'à un coffre-fort. Chacun avait en mémoire le vol de l'épée du sacre de Charles X en 1972 : plusieurs kilos d'or pur sertis de brillants de la taille d'un cabochon de bouteille. Cette épée de parade, qui n'avait jamais servi à embrocher quiconque, était exposée sous une vitre blindée au milieu des autres bijoux de la Couronne dans la galerie d'Apollon pourtant munie d'un impressionnant système d'alarme. Ce lieu était considéré comme le saint des saints inviolable de nos collections nationales. Les voleurs s'y étaient introduits en profitant de l'échafaudage mis en place pour ravaler la façade de cette aile du palais. Ils n'avaient plus eu qu'à casser la vitrine blindée après avoir neutralisé le système de sécurité. La brigade criminelle, après une longue et minutieuse enquête, n'avait pas réussi à déceler d'éventuelles complicités à l'intérieur même du Louvre. Deux maçons de l'entreprise de ravalement avaient été entendus, placés en garde à vue puis relâchés. L'affaire avait coûté sa place au prédécesseur de Pantalacci. La presse du lendemain avait titré en cinq colonnes sur « Le Louvre passoire », « Rififi au musée du Louvre » et même « Arsène Lupin au Louvre », ce qui avait provoqué une réaction indignée de la part de l'Association des conservateurs. Après le crime de la salle Daru, le vol de l'épée du sacre de Charles X était sans contexte l'épisode récent de la vie du Louvre qui avait fait couler le plus d'encre, si l'on excepte, entre les deux guerres, les enlèvements de *Monna Lisa* par des truands ou des amateurs passionnés qui avaient contraint le Louvre — enfin — à visser sur le mur le tableau le plus célèbre du monde. Quant aux menus larcins dans les collections comportant de nombreuses séries d'objets identiques : céramiques grecques de la collection Campana, lampes chypriotes et autres verreries romaines, il fallait déjà que les conservateurs s'en aperçoivent avant que la direction du Louvre ne diligente de discrètes enquêtes qui, généralement, tournaient court.

Pierre Montagne baissa le regard pour éviter de croiser celui — goguenard — de Sauveur Pantalacci. Il sortit de l'amphithéâtre, remonta au deuxième étage du Pavillon de Flore, et se retrouva devant la porte dérobée qui permet d'accéder dans la galerie de peintures où les caravagesques italiens succèdent à la donation Besteigui. Cette belle galerie précède l'immense salle Médicis où sont exposées les gigantesques toiles que Rubens[3] a consacrées à la vie de Marie de Médicis pour le Palais du Luxembourg. Après avoir traversé la salle des peintres flamands, un époustouflant ensemble d'œuvres de Rubens, Jordaens[4] et de Van Dyck[5], il entama le parcours de la Grande Galerie. Ce mot de traversée s'applique au trajet qu'il faut accomplir pour aller d'un bout à l'autre de cette très longue promenade qui épuise plus d'un touriste. Lorsqu'on parcourt la Grande Galerie venant de

3. Petrus-Paulus Rubens (1577-1640), peintre flamand.
4. Jacob Jordaens (1593-1678), peintre et graveur flamand.
5. Antoine Van Dyck (1599-1641), portraitiste flamand.

Flore, on effectue un fantastique voyage initiatique à remonter le temps de la peinture européenne depuis les primitifs italiens jusqu'à Greuze[6] et Fragonard[7]. Selon son habitude, Pierre Montagne porta un regard ému vers le portrait de *Sigismond Malatesta* par Piero della Francesca[8] que son prédécesseur à la tête du département des peintures, Michel Lamotte, avait réussi à acheter sur le marché américain en 1978. Il avait ainsi comblé une lacune considérable des collections nationales. Le Louvre ne possédait en effet jusqu'à cette date aucune peinture de cet artiste exceptionnel, à l'œuvre si rare, considéré par de nombreux connaisseurs comme le plus grand peintre de tous les temps. Michel Lamotte, après avoir conçu le musée d'Orsay, avait pris la direction du musée du Louvre pour achever le projet du « Grand Louvre », c'est-à-dire du plus grand et du plus beau musée du monde. C'était avec lui que Pierre Montagne avait rendez-vous pour parler de l'affaire de *La Dame à la Toison d'Or.*

Arrivé quelques mètres avant la tribune centrale de la Grande Galerie, là où le *Gilles* de Watteau[9] fait face à l'*Embarquement pour Cythère* du même peintre, Pierre Montagne prit sur la gauche la galerie consacrée provisoirement à des portraits français du XIXe siècle. De là, par une porte dissimulée dans les boiseries, il se retrouva dans l'escalier crasseux du premier étage de la direction des musées de France,

6. Jean-Baptiste Greuze (1725-1805), peintre de genre.
7. Jean Honoré Fragonard (1732-1806), peintre préromantique.
8. Piero della Francesca (1416-1492), peintre toscan.
9. Antoine Watteau (1684-1721).

située à l'angle du pavillon Mollien. C'est là que le directeur du musée du Louvre avait installé son état-major avant de prendre possession des lieux encore occupés par la direction des Musées de France, qui doit quitter définitivement le palais du Louvre pour un immeuble du quartier.

Pierre Montagne avait toujours éprouvé beaucoup d'amitié et de respect pour Michel Lamotte, lequel avait dirigé le département des peintures depuis 1966, à l'époque où Montagne était encore jeune assistant des Musées nationaux. Considéré comme le « parrain » du corps des conservateurs, Lamotte avait su maintenir un juste équilibre entre une carrière consacrée à l'histoire de l'art et l'administration culturelle proprement dite. Véritable manager muséographique, puits de science à l'œil pratiquement infaillible, l'homme savait à merveille dynamiser les équipes de conservateurs — ce qui n'est pas aisé — et surtout organiser les espaces consacrés aux collections pour y mettre les œuvres en valeur, en tirant le meilleur parti du cadre architectural. Ainsi, les moments les plus intenses de sa vie professionnelle, Michel Lamotte les passait-il à accrocher des tableaux dans les salles des musées d'Orsay ou du Louvre, à tester des couleurs et des revêtements pour les murs et les planchers, afin de donner aux tableaux et aux sculptures le cadre le plus propice à leur contemplation. S'il était très éclectique dans ses goûts, un tropisme esthétique l'attirait néanmoins invariablement vers l'Italie : les primitifs, Piero della Francesca, Caravaggio et Poussin — dans ce qu'il ą d'italien — étaient, comme il se plaisait à le dire, « ses petits préférés ». Mais il ne répugnait pas à accrocher des Fragonard, des Ter Brugghen [10], des Boilly [11] ou des David, et à faire chatoyer les couleurs entre elles dans une même salle, sachant qu'un mur de musée n'est pas autre chose qu'un kaléidoscope de peintures et de couleurs.

Lorsque Michel Lamotte était contrarié, il plissait son front et tripotait sa pochette. C'était manifestement le cas lorsque les deux hommes se retrouvèrent dans le bureau du directeur du musée du Louvre, une pièce de dimensions modestes, peu conforme au prestige de la fonction ; seule une belle esquisse de Delacroix rappelait au visiteur qu'il se trouvait en face du patron du plus grand musée du monde.

— Un meurtre, vous vous rendez compte ! Trois jours déjà, et voilà notre musée en proie aux amateurs de sensations fortes. Et Blancart ! Un garçon sympathique et irréprochable ! Tout ceci est incompréhensible. En attendant, nous sommes envahis. La police et la presse se répandent dans tous les étages ; et les touristes ne regardent plus les tableaux mais se précipitent dans la salle du crime. C'est bien simple, j'ai l'impression de me trouver au musée Grévin. Cher ami, il faut que cette enquête aboutisse et que l'on ne parle plus de toute cette histoire.

— J'attends un rapport de la sécurité du musée. Je suis comme vous : dans un brouillard absolu. Règlement de comptes ? Crime passionnel ? Allez savoir, lâcha Montagne, sur un ton presque détaché qui

10. Ter Brugghen (1588-1629), peintre hollandais.
11. Louis Léopold Boilly (1761-1845), peintre français de scènes de genre.

indiquait que le crime commis n'était pas sa principale préoccupation.

— Et ces exigences du cabinet Lang, pour *La Dame à la Toison d'Or,* à quoi ça rime ? Comment n'ont-ils pas encore compris que l'état du tableau interdit son transport ? Décidément, le Louvre traverse une mauvaise passe ! ajouta Michel Lamotte en soupirant.

Il manipulait un superbe sulfure bleu roi qui lui servait de presse-papiers sur un bureau jonché de dossiers et de parapheurs. Il n'avait jamais tenu en haute estime tous ces énarques vibrionnants qui tournicotaient autour des ministres de la Culture successifs, et abusaient de la phrase césame « le Ministre souhaite que... ».

Tous les ministres, depuis le merveilleux Jacques Duhamel, en passant par l'éphémère Françoise Giroud, le gentil Jean-Philippe Lecat et l'étoile filante qu'avait été François Léotard — une parenthèse dans l'ère Lang —, avaient recruté des conseillers de cabinet qui n'avaient jamais compris — au fond d'eux-mêmes — ce qui se passait dans la tête des conservateurs de musée. Ces moines-soldats du patrimoine, plongés au cœur d'une société à la mémoire trop courte, combattaient la culture moderne soumise aux publicitaires — éphémère et toc —, en défendant avec opiniâtreté des valeurs que peu de leurs contemporains partagent...

En guise de réponse, Pierre Montagne tendit à Michel Lamotte le rapport rédigé par Madeleine Hours sur l'état de *La Dame à la Toison d'Or.* Il souriait. Personne ne pouvait ressusciter ce pauvre

Blancart. Mais au moins fallait-il éviter un second crime, encore plus grave dans son esprit : la destruction irréversible du chef-d'œuvre de Dürer. Il pensait sincèrement qu'il tenait là une arme irrésistible pour contrer le projet du cabinet du ministre.

— Au moins, l'enquête du laboratoire se déroule plus vite que l'enquête de la brigade criminelle. Ce rapport est évident. Je le signerai moi-même, dit Lamotte après avoir lu attentivement le document.

En prononçant ces mots, il rangea dans la poche de sa veste ses petites lunettes cerclées d'or. Il n'aimait pas qu'on sût qu'il était myope.

— La pression de Bornat se fait de plus en plus insistante. Il n'y a plus que Bertillon qui peut empêcher ça.

Pierre Montagne était catégorique. Ses yeux clairs, d'habitude si calmes, étincelaient de colère malgré le sourire qui habillait encore ses lèvres. Mais avec ce rapport, ils n'oseront jamais...

— En êtes-vous si sûr ? demanda Lamotte.

Montagne ne répondit pas. Au fond de lui-même, il savait que le caprice du prince peut toujours venir ruiner les meilleurs arguments.

Les deux hommes continuèrent à parler tard dans la soirée. L'hypothèse d'une démission commune fut même envisagée, assortie d'une interview fracassante que Lamotte aurait pu donner à Frédéric Edelmann du journal *le Monde,* Montagne, pour sa part, demandant à Claude Imbert du *Point* de préparer un grand papier sur l'affaire de *La Dame à la Toison d'Or.* Mais la presse, pour le moment, était pleine de l'affaire du crime de la salle Daru. Les journaux populaires s'en étaient donnés à cœur joie. « Pendu comme un tableau du Louvre », « Crime au musée du Louvre », « L'énigme de la salle Daru » fleurissaient au fronton des kiosques et servaient d'accroche aux ouvertures des journaux télévisés de 20 heures. Démissionner dans un tel contexte eût été ouvrir la porte à toutes sortes d'interprétations.

Le directeur du Louvre et le conservateur en chef du département des peintures décidèrent de ne retenir cette éventualité que comme ultime recours. Il convenait plutôt d'obtenir une prise de position du directeur des Musées de France en personne, et si possible, du « Comité des conservateurs en chef » des Musées nationaux, dont la réunion mensuelle se tenait le lendemain à la direction des Musées de France. Le « Comité » rassemblait les membres les plus importants du corps de la conservation, conservateurs en chef, inspecteurs généraux des musées, tous chefs d'établissement, Louvre, Versailles, Fontainebleau, Écouen, Sèvres, Guimet pour ne citer que les plus importants.

Le Comité des conservateurs est l'organe qui instruit les dossiers d'acquisition des œuvres d'art par les Musées nationaux avant leur présentation au Conseil artistique des musées, instance délibératrice suprême. Le Comité se réunit le dernier vendredi matin du mois et le Conseil le premier mardi matin du mois suivant. Au cours du Comité, les conservateurs en chef votent sur les opportunités d'achat qui leur sont présentées par leurs collègues. Chaque séance voit ainsi défiler les œuvres proposées en donation par de très riches collectionneurs qui paient en nature à l'État les droits de succession dont ils sont redevables, mais également les toiles préemptées en vente publique ou les objets arrêtés en douane. Tel bas-relief d'époque hellénistique se retrouve ainsi dans les collections du Louvre parce que son propriétaire a « omis » de le déclarer à l'exportation, et qu'il n'a pas réussi à échapper à l'œil inquisiteur de nos gabelous. Tel superbe recueil du peintre dessinateur animalier Desportes [12] aura été remarqué par un conservateur du cabinet des dessins dans une vente bric-à-brac de l'hôtel Drouot et les musées auront su garder secrète leur trouvaille pour empêcher que les marchands ne fassent monter les enchères, s'ils avaient su à l'avance que les musées nationaux s'apprêtaient à exercer leur droit de préemption. Une autre fois, ce seront des jouets ayant appartenu au roi de Rome qu'un mécène japonais (les Japonais sont entichés de Napoléon) offrira au musée de Malmaison.

La salle où se tient le comité, située à l'étage du bureau du directeur des musées, est occupée par une immense table ovale recouverte d'un tapis vert. Elle accueille également le Conseil artistique des musées. Ornée de médiocres boiseries faussement Louis XV dont les cartouches supérieurs présentent des scènes de chasse à courre, elle flaire le pastiche honnête ; des cimaises le long des murs permettent d'accrocher les œuvres candidates à l'entrée dans les collections nationales. Les veilles de « Comité » ou de « Conseil », cette pièce, dont les dorures seront

12. François Desportes (1661-1743), peintre animalier français.

toujours empoussiérées, ressemble à un magasin d'antiquités où ne seraient en vente que des objets de qualité exceptionnelle. Les crédits d'acquisition étant toujours insuffisants, il arrive que le Comité refuse telle ou telle proposition d'achat, très souvent en raison de son prix élevé. Lorsque l'œuvre dépasse un certain prix, le conservateur en chef qui souhaite l'acquérir doit déployer des trésors de science, de persuasion, mais également de diplomatie, pour arracher à ses collègues un vote majoritaire. Les mauvaises langues prétendent que se sont ainsi scellées, au sein du Comité des conservateurs en chef, des alliances stratégiques permettant à chacun, tour à tour, d'obtenir la pièce convoitée : les dessins voteraient avec les antiquités orientales, le musée Guimet et le musée Rodin avec le département égyptien et ainsi de suite. Quant aux peintures, elles seraient les seules à refuser ce type de pacte, en raison de la personnalité de Pierre Montagne, mais surtout parce qu'elles apportent au Comité plus de la moitié des œuvres présentées.

D'une façon générale, lorsqu'il y a chef-d'œuvre, le Comité s'incline. Si le Louvre « manque » un achat, c'est toujours pour des raisons financières. Le budget d'acquisition des œuvres d'art n'a jamais, en effet, pu suivre l'envolée du prix des œuvres d'art sur le marché. Les musées, donc, sont pauvres. Dans les années 60-70, le grand rival du Louvre était le Metropolitan Museum de New York. Grâce à ses *trustees*[13] puis-

13. Aux États-Unis, les musées sont privés. Ils sont financés par des mécènes individuels ou des entreprises, les *trustees*.

sants, le « Met » soufflait régulièrement au Louvre les œuvres convoitées par le département des peintures. Ainsi, en 1970, le musée new-yorkais réussit-il à acquérir à Londres chez Christies le sublime portrait de *Juan de Pareja* de Vélasquez[14] que Michel Lamotte aurait tant aimé pouvoir accrocher dans les salles de peinture espagnole du Pavillon de Flore. L'un des rares Vélasquez « sûrs » encore disponible avait ainsi rejoint *La Diseuse de Bonne Aventure* de Georges de La Tour déjà lorgnée par le Louvre. Puis, au cours des années 80, le musée Paul Getty de Malibu, en Californie, avait déversé les millions de dollars accumulés par son donateur — le célèbre magnat du pétrole — sur le marché de l'art, provoquant une razzia en règle, y compris pour des œuvres à l'authenticité douteuse. Des spécialistes avaient beau se faire un malin plaisir à distiller des informations attestant que tel marbre hellénistique était trop entier pour être authentique, ou que telle peinture devait plutôt être considérée comme de l'atelier et non de la main même du maître censé l'avoir enfantée. Mais la demande étant supérieure à l'offre, il en résulta une nouvelle flambée des cours.

Les prix prohibitifs des œuvres majeures n'empêchaient pas le Comité des musées nationaux, avec ses maigres ressources, de voir passer des toiles, des marbres, des bijoux et des meubles souvent sublimes. Le prestige du Louvre et de Versailles reste une

14. Diego Vélasquez (1599-1659), peintre de la famille royale espagnole.

incitation puissante pour de généreux amateurs qui font don à la collectivité des choses qu'ils ont le plus aimées, et dont ils souhaitent faire partager le plaisir qu'elles procurent à l'œil et aux sens.

Ce jour-là, le Comité n'avait à examiner que des achats mineurs à l'exception d'un diptyque carolingien en ivoire, que le musée de Cluny pouvait acquérir pour la somme de neuf cent quarante-cinq mille francs. Comme prévu, après avoir adressé un message de sympathie à la famille de Jean Blancart, le comité marqua l'opposition unanime des conservateurs en chef au déménagement de *La Dame à la Toison d'Or.* Pierre Montagne avait rédigé une motion de dix lignes demandant au ministre de surseoir au prêt. En annexe, il avait ajouté le rapport de Madeleine Hours.

Olivier Bertillon, directeur des Musées de France, après avoir présidé aux destinées de l'hebdomadaire *L'Européen,* fit un discours d'encouragement et invita Montagne à faire circuler sa motion. Bertillon, ancien inspecteur des Finances, jouissait d'un prestige important au sein de l'administration culturelle qui voyait dans son pedigree un signe de reconnaissance.

— Je la signe des deux mains, tonna Gerald Van Der Glemp, conservateur en chef de Versailles, dont la silhouette massive, tout droit sortie d'une toile de Van Dyck, était toujours recouverte de costumes anglais à rayures qu'égayait un œillet rouge à la boutonnière. Comme à son habitude, il maniait une canne à pommeau d'argent. Il ajouta :

— J'espère bien qu'à Versailles, nous ne connaîtrons pas un crime comme au Louvre.

— C'est une initiative excellente, avait déclaré Roseline Dalou, la brillante et enjouée directrice du cabinet des dessins, pour meubler le silence gêné qui avait suivi la remarque de Van Der Glemp.

Certains élèves de l'École du Louvre croyaient déceler en cette spécialiste éminente d'Odilon Redon [15] une ressemblance troublante avec Margaret Thatcher. Cela s'expliquait peut-être par le fait que plus d'un élève redoutait ses notations lorsqu'elle était membre d'un jury d'examen.

*

Lorsqu'il sortit de la direction des musées en empruntant la galerie qui conduit des guichets à la cour de la Pyramide de Pei, Pierre Montagne était un homme heureux. Il tenait dans sa main gauche l'enveloppe contenant la motion signée le matin même par tous ses collègues sans exception. La possession de ce document le réconfortait. Il irait le remettre lui-même, derechef, au cabinet de Jack Lang chez Bornat. Il suffisait de traverser la place du Palais-Royal ; c'était l'affaire de cinq minutes, à peine.

Il prenait plaisir à porter ce pli, imaginant à l'avance la réaction de son destinataire. Pierre Montagne avait conscience d'appartenir à une sorte de

15. Odilon Redon (1840-1916), peintre et pastelliste symboliste.

chevalerie dont le Louvre était le temple. La profanation de celui-ci renforçait la foi des chevaliers mais devait leur donner plus de force et plus de courage.

Pierre Montagne avait l'air apaisé lorsqu'il déposa sur le bureau de l'huissier à chaîne de l'étage du cabinet l'enveloppe dont il s'était fait le coursier.

Bouillon de culture au ministère

Les vernissages d'exposition sont l'un des exercices classiques auxquels un ministre de la Culture se doit de sacrifier. Liturgie d'une religion dont les dieux seraient les arts libéraux, ils sont le prétexte de retrouvailles appréciées par les membres de ce petit club dont la rue de Valois est en quelque sorte l'enseigne fédérative. Il existe deux types de vernissages. Ceux du matin, où il faut être, parce que les invitations y sont parcimonieusement distribuées, et ceux de l'après-midi, où il suffit de payer sa cotisation à l'Association des amis du Louvre pour recevoir un carton.

Le matin, les grands collectionneurs et les « amis » des musées se mélangent aux conservateurs, aux hauts fonctionnaires des affaires culturelles et aux journalistes en vue. Les vernissages permettent surtout de rencontrer ses congénères. On n'a guère le temps de voir les œuvres exposées. Par contre, il convient de naviguer de groupe en groupe où l'on s'agglutine volontiers par affinités.

Les critiques d'art critiquent à qui mieux mieux. Les historiens historisent. Les conservateurs conservent. Les journalistes prennent des notes et les dîneurs en ville parlent de leur prochain dîner.

Le Louvre est le territoire le plus prestigieux de cette tribu culturo-médiatique. Avant la Pyramide de Pei, peu d'expositions temporaires — et donc peu de vernissages mondains — y étaient organisées, à l'exception des « dossiers du département des peintures ». Ceux-ci présentent, à propos d'un tableau du Louvre, un ensemble d'œuvres et de documents s'y rapportant et des manifestations du cabinet des dessins, lesquelles permettent de montrer au public quelques-unes des dizaines de milliers de feuilles. C'est le fonds de dessin le plus riche du monde, mais faute de place, ses trésors restent sagement disposés dans des cartons. Les vernissages mondains avaient lieu, par conséquent, au Grand Palais, au musée d'Orsay ou à Beaubourg. Avec la construction de la Pyramide, le Louvre a enfin trouvé un lieu digne de ce nom pour rassembler le petit monde des arts et des lettres, ses fastes, ses facéties et ses manies. Chacun avait notamment en mémoire le superbe et élégant dîner organisé pour l'inauguration officielle de la Pyramide. Sponsorisé par Air France qui avait notamment mis à disposition un Concorde pour amener les plus influents *trustees* des musées américains, le repas avait été préparé par André Daguin, le maître cuisinier de l'hôtel de France à Auch — foie gras frais de canard et colvert en habit rouge. Lang avait dîné entre une starlette au décolleté vertigineux et Catherine Graham, propriétaire du *Washington Post* et mécène du Moma de New York. L'architecte de la Pyramide, I.M.Pei, petite grenouille malicieuse au regard d'acier, avait parlé dans un français exécrable à l'accent américain. En deux mots, il avait expliqué à un public de dames en étole-de-vison, bas-de-soie et de messieurs cravate-noire-boutons-de-manchette-or pourquoi il avait conçu une pyramide : parce que la forme était belle et pure. Lang était ravi. Les Rothschild et les Schlumberger trinquaient avec les architectes d'intérieur au crâne rasé et les peintres *underground.* Une fois de plus, il avait fait prendre cette osmose de nature alchimique entre des milieux que tout séparait si ce n'est l'amour de l'art — et encore, sous des formes différentes.

La minibronca syndicale, assortie d'une distribution de tracts dénonçant le « prêt scélérat », que le ministre avait essuyée au même endroit ce jour-là, risquait de provoquer des commentaires peu amènes d'une presse qui n'en finissait plus de parler de Belphégor à propos du Grand Louvre. Le ministre se forçait à faire bonne figure dans une atmosphère perturbée par les événements survenus au musée depuis quelques jours.

Crucifix et ex-voto du XVIe siècle était une exposition très ennuyeuse car ultra-scientifique, assortie d'un catalogue de plus de trois cents pages aux notices écrites si serré qu'il aurait fallu une loupe pour les lire. Compte tenu des circonstances, Lang avait failli ne pas s'y rendre et y envoyer son directeur de cabinet. Le cardinal Lustiger devant également y participer, Jack Lang avait vu là une occasion de rencontrer le patron charismatique de l'Église de France avec lequel — fait curieux lorsqu'on pense à la part du patrimoine français relevant de l'Église — il n'avait pratiquement jamais eu de contact.

En fait, le cardinal Lustiger, appelé *in extremis* au Vatican par le pape, n'avait pu assister au vernissage. Jack Lang avait néanmoins pu faire connaissance du très célèbre et puissant Monsignore Accardo, prélat de la nonciature, un personnage au crâne dégarni, vêtu de clergymen taillés par les plus grands faiseurs dans les alpages les plus fins, et de mocassins en crocodile noir du type de ceux qu'on vous fabrique à Hong Kong en une nuit d'où sortaient, telles des gerbes, des chaussettes de soie écarlate. Accardo, qu'on disait membre de l'*Opus Dei,* était surtout un amateur d'art éclairé. Il s'était lancé devant le journaliste de télévision Henry Chapier dans un exposé d'une époustouflante érudition sur l'*ex-voto* dans la peinture européenne du bas Moyen Âge. Perchée sur des talons aiguilles hauts comme un porte-cigarettes, Teresina d'Abrantes, une affriolante Brésilienne dont le mari, industriel du *fast-food,* possédait le plus bel ensemble d'eaux-fortes de Rembrandt, était venue mêler son grain de sel à la conversation.

— Vous savez, avait-elle jeté à Lang avec un sourire en coin, je n'ai jamais voté pour vous.

— Il n'est jamais trop tard pour bien faire, lui avait lancé, avec l'amabilité carnassière qui lui est coutumière, Monique Lang, tandis que son mari regardait la jeune femme avec le sourire le plus charmeur du monde.

Un peu plus loin, des inspecteurs des monuments historiques discutaient doctement de la dernière violation de la réglementation sur les sites protégés provoquée délibérément par un maire UDF du Sud de la France. Ce corps de fonctionnaires très peu nombreux — il s'en recrute trois ou quatre tous les deux ans — essaie tant bien que mal de constituer un rempart contre les agressions quotidiennes que les promoteurs immobiliers et la pollution font subir aux monuments de notre patrimoine culturel et artistique.

Lorsque Bornat s'approcha d'eux, leur conversation, soudain, s'arrêta. Le conseiller en déduisit — ce qui était vrai — qu'on était là en train de dire du mal de lui. Il se vengea en leur annonçant tout à trac une réforme du décret relatif à la carrière d'inspecteur des monuments historiques, afin « de mettre tout ce petit monde au travail ». Heureusement pour nos inspecteurs, le directeur du patrimoine du ministère, Jean-Pierre Laby — normalien et conseiller-maître à la Cour des comptes —, vint les consoler en leur faisant comprendre qu'on ne changeait pas de décret comme on change de chemise, et qu'il fallait au moins six à neuf mois pour que la procédure du passage du texte au Conseil d'État soit effective. Le discours ne rassura qu'à moitié les inspecteurs qui, la mine renfrognée, se dispersèrent dans l'assistance qui se clairsemait : midi approchait et le ministre était reparti, laissant l'assistance bruisser des rumeurs les plus folles au sujet du cadavre trouvé accroché à la place des *Massacres de Scio* dans la salle Daru.

Dans la voiture qui le ramenait à son bureau, Jack Lang se prit à penser qu'il eût été opportun que la lumière fût faite le plus vite possible sur une affaire qui risquait, en défrayant trop longtemps la chronique, de détourner l'attention des médias de sa foisonnante activité personnelle.

Le nez sur l'emploi du temps que son secrétariat particulier lui remettait tous les matins dans une petite pochette en plastique, il songeait déjà au rendez-vous qui l'attendait avant le déjeuner : Maurice Béjart. Quel poste, au nom de quelle injustice à réparer, allait encore lui réclamer le célèbre chorégraphe ? La direction du Ballet de l'opéra Garnier, à laquelle Noureev, malgré toutes ses menaces de démission, tenait comme à la prunelle de ses yeux ? Un emploi de super-intendant à la danse française ? Noureev n'accepterait jamais la tutelle de Béjart. Et qu'offrir, en guise de compensation, à Béjart ? La direction du Ballet de Strasbourg ne suffisait pas ; à moins que le ministère ne lui ouvrît un centre Béjart en banlieue parisienne et construit par un architecte à la mode. Jack Lang imaginait déjà les imprécations des technocrates de la direction du budget à Bercy lorsqu'ils entendraient parler d'un tel projet : « Le nouveau caprice de Béjart » titrerait *le Quotidien de Paris* sur cinq colonnes. Cette idée redonna à Jack Lang le sourire lorsqu'il regagnait le hall de son ministère.

Béjart s'était décommandé *in extremis,* ce qui avait permis à Jack Lang d'aller déjeuner plus tôt chez Lipp en compagnie de Pierre Bergé, lequel devait lui faire visiter l'interminable chantier de l'Opéra Bastille.

L'après-midi s'était déroulé calmement rue de Valois au ministère, avec son lot de réunions, de commissions, d'audiences et de remises de médailles et de prix en tous genres qui ponctuent la vie de la technocratie culturelle.

*

Il était environ 17 h 45 lorsque Pierre Montagne et Michel Lamotte partirent du Louvre pour se rendre d'un bon pas au ministère des Affaires culturelles. Une heure plus tôt, ils avaient reçu chacun un coup de téléphone leur signifiant que « M. Bornat les attendait dans son bureau à 18 heures ». C'était vendredi. L'heure, par conséquent, n'avait rien d'étonnant.

Montagne et Lamotte n'étaient pas de ceux que cette petite vexation embarrassait outre mesure. Ils passaient leurs fins de semaine à fréquenter les bibliothèques et les musées. Cette convocation pour 18 heures ne les gênait donc pas. Au contraire, ils l'attendaient résolument, depuis l'envoi du dossier peaufiné par Madeleine Hours, et le dépôt de la motion du Comité des conservateurs, sans compter l'enquête sur le meurtre de la salle Daru qui piétinait toujours. Peut-être qu'en « haut lieu », les premiers indices étaient connus.

En sortant, ils croisèrent l'adorable Marie Clodelle, six ans, fille du concierge du Louvre, qui jouait à la marelle sous la voûte de l'entrée de la direction des Musées de France. Montagne passa sa main dans la chevelure blonde de la fillette qui leur adressa un très poli : « Bonjour, m'sieur Lamotte et m'sieur Montagne. Je peux vous dire quelque chose. »

— Demain, ma petite Marie, là je suis pressé, lui répondit Lamotte d'un ton doux.

La gamine continua sa marelle, en chantonnant, petit oiseau sautillant à l'ombre du palais vénérable.

Les deux hommes mirent à peine quelques minutes pour atteindre la rue de Rivoli en passant par l'immense hall conçu par I.M. Pei sous la pyramide de verre qui fit couler tant d'encre avant qu'elle ne s'inscrive dans le paysage de la cour Napoléon comme si elle y avait toujours été. Les touristes avaient déjà envahi ce gigantesque espace où l'on offre enfin aux visiteurs les services dignes d'un musée prestigieux : librairie, restaurants, vestiaires, toilettes propres. Le Louvre s'était enfin mis au diapason des grands musées américains. Des salles d'expositions temporaires permettent aux amateurs de mieux découvrir certains aspects encore très mal connus des collections. Vers l'est, un large accès permet de passer sous la cour carrée où la base du donjon de Philippe Auguste a été dégagée.

Pendant quatre ans, de 1982 à 1986, Lamotte et Montagne avaient assisté, goguenards, à la guerre pichrocoline à laquelle s'étaient livrés les deux directeurs des chantiers de fouilles voisins, celui de la cour carrée et celui de la cour Napoléon (à l'emplacement de l'actuelle pyramide). Outre que l'un affichait des idées droitières et l'autre plutôt gauchisantes, les deux érudits archéologues étaient aussi différents physiquement qu'il était possible : celui de la cour carrée, Michel Fleury, au verbe ciselé, au discours brillant et à la voix de stentor, avait la stature d'un

Porthos ; tandis que son homologue de la cour Napoléon, Pierre Jean Trombetta, mince et de petite taille, arborait une silhouette à la d'Artagnan, avec le collier de barbe en prime. La « guerre des deux chantiers », comme on l'appelait plaisamment rue de Valois, s'était achevée par une paix des braves sous la forme d'une exposition simultanée, dans les salles consacrées à l'histoire du Louvre, des objets découverts par les deux équipes concurrentes pendant ces fouilles, à commencer par le splendide casque d'or trouvé dans les fossés du donjon de Philippe Auguste. Il ne manquait à la Pyramide que la statue initialement prévue par I.M. Pei pour remplir cet immense volume transparent. Pei aurait souhaité y placer *La Victoire de Samothrace*. Trop fragile avait répondu le département des antiquités grecques et romaines. Lamotte avait alors proposé une sculpture de Picasso ou un totem de Brancusi[1]. Trop moderne avait rétorqué l'Élysée. Pour l'instant, la Pyramide demeurait orpheline.

Pierre Montagne et Michel Lamotte traversèrent la place du Palais-Royal et contournèrent par la gauche le Conseil d'État avant de déboucher sur la cour intérieure qui sert de lieu d'exposition aux archi-célèbres colonnes noir et blanc de Buren contre lesquelles les chiens du quartier n'ont pas résisté longtemps avant d'aller assouvir leurs pressants besoins[2]. Lamotte, amoureux de Rome et de la

1. Constantin Brancusi (1876-1957), sculpteur français né en Roumanie.

2. Pour plus de détails, le lecteur se reportera à *Meurtres au Conseil d'État*, dans la même collection.

fontaine de Trevi, se demandait, chaque fois qu'il traversait ces lieux, par quel miracle des touristes arrivaient à jeter des pièces de monnaie dans la rigole exiguë recouverte par un grillage qui ceinture l'espace où Buren a établi ses colonnes tronquées.

Ils arrivèrent dans le hall d'entrée du ministère, une pièce dont le mur du fond présente une batterie de télévisions — on se trouve, qu'on se le dise, au ministère de la Culture et de la Communication. Sous Malraux, l'accès du ministère ressemblait à celui d'un ministère banal. L'écrivain visionnaire entré en gaullisme comme d'autres en religion avait eu d'ailleurs pour credo d'ériger l'administration culturelle en administration à part entière. Aussi avait-il voulu son ministère solennel, meublé de mobilier d'époque Empire, bref, aussi représentatif que possible de l'agencement d'un palais de la République normal. Aux murs de son bureau, Malraux accrochait quelques belles toiles du Louvre qu'il échangeait chaque année après en avoir longuement discuté avec Michel Lamotte. Par la suite, les ministres de la Culture successifs entendirent transformer le ministère pour y laisser leur marque. Ce n'est pas chose facile lorsqu'il s'agit de salons Empire dûment classés monuments historiques. Après quelques tentatives de modifications marginales de Jean-Philippe Lecat et de Françoise Giroud, précédées par une entrée de l'art contemporain dans lesdits salons Empire sous le patronage de Michel Guy, les colonnes du temple furent définitivement ébranlées par Jack Lang.

Ainsi, le médiatique juriste n'avait pas hésité à confier son bureau à Andrée Putman et sa salle à manger à Wilmotte, tandis qu'il fit orner l'antichambre où attendent les visiteurs par un mur de toiles d'Alechinsky[3].

Des canapés de cuir noir aux coins carrés remplacèrent des fauteuils Malmaison lourdement damassés de soieries rouges ornées de fleurs de lys et d'aigles. Dans cette ambiance hybride et cosmopolite où le *high tech* essaie de se marier au grand style, on assistait au ballet incessant des conseillers de cabinet lesquels, un dossier d'une main et une dépêche AFP de l'autre, virevoltaient entre des bureaux jonchés de parapheurs, parmi la cohorte des visiteurs-quémandeurs de tout poil venus solliciter les subventions de l'État.

La rue de Valois rete un bazar d'Istanbul où les marchands du temple, les journalistes en vue, les écrivains en mal de notoriété et les artistes authentiques forment ce mélange inextricable appelé « les milieux culturels ». Le secrétaire perpétuel de l'Académie des beaux-arts y côtoie le chorégraphe underground. Chacun paraît, en tout cas, y trouver ce qu'il cherche.

Lamotte et Montagne inscrivirent leurs noms sur la fiche tendue par l'huissier à chaîne. On les conduisit dans le grand salon qui jouxte l'antichambre. De là, on accédait au bureau de Jack Lang, qui communique avec celui du directeur de cabinet, occupé du temps de Malraux par le ministre lui-même.

Rue de Valois, le « grand salon » est un peu la

3. Pierre Alechinsky est né en 1927 à Bruxelles, initiateur du mouvement Cobra.

dernière pièce où l'on cause. Un piano à queue, généralement poussé dans un angle, permet de donner des concerts de musique de chambre, ou encore, lorsqu'ils sont décorés de l'ordre des arts et des lettres, à Charles Trenet ou Charlie Mingus de pousser la chansonnette devant le Tout-Paris artistico-politico-culturel. De l'autre côté des jardins du Palais-Royal, les bureaux occupés par le Conseil constitutionnel ont la même disposition que ceux du ministre de la Culture, lequel peut, s'il le veut, aller trouver le président de cette Haute Assemblée en passant par la terrasse qui rejoint les deux côtés de la place, au-dessus de la colonnade.

Jean-Michel Bornat s'était déniché un minuscule placard donnant sur le jardin, où il y avait tout juste la place de recevoir deux visiteurs. Ce lieu de travail avait un unique mérite : il était situé à deux pas du bureau du ministre, de l'autre côté du grand salon qu'il suffisait de traverser. On pouvait ainsi savoir qui Jack Lang recevait et le croiser à tout moment à condition de se trouver dans le « grand salon » au moment où il allait accueillir ou raccompagner un visiteur. Le pouvoir est le plus souvent une affaire de territoire géographique ; il s'agit d'être aux abords immédiats du soleil — théorie élevée par Jacques Attali au rang de science — et Bornat l'avait fort bien compris. Il avait sauté sur l'occasion qui s'était présentée, lorsque la secrétaire du directeur du cabinet s'était rapprochée de son patron, laissant libre cette pièce minuscule dont aucun conseiller technique du Cabinet ne voulait tant elle était exiguë.

Bornat les faisant attendre plus d'une heure,

Michel Lamotte et Pierre Montagne eurent tout le loisir de détailler, dans le « grand salon », les boiseries d'époque datant de la fin Louis XVI. Lorsqu'il les fit entrer, il leur jeta négligemment — il était déjà près de sept heures du soir : « Le ministre m'a retenu, veuillez m'excuser. »

Pur mensonge puisqu'il fallait traverser le « grand salon » pour aller du bureau du ministre à celui de Bornat. Bornat n'avait, bien entendu, pas vu Jack Lang avant de recevoir les deux hommes.

— Monsieur Bornat, la situation est grave. Pierre Montagne allait droit au fait.

— De quoi voulez-vous parler ? Je vous écoute, monsieur le conservateur en chef, répondit Bornat en se calant dans son fauteuil.

— Parlons d'abord de *La Dame à la Toison d'Or,* si vous le voulez bien. Nous avons ici une délibération du comité des conservateurs en chef du Louvre qui s'appuie sur le rapport d'expertise du laboratoire : le transport à Washington fait peser trop de risques sur le tableau.

— Il s'agit, je tiens à le préciser, d'une position qui s'appuie sur une argumentation purement scientifique conforme à l'éthique de notre corps, ajouta Lamotte.

— Je crains de vous décevoir. Ce tableau *sera* prêté à Washington. La décision a été prise. Nos amis américains ne comprendraient pas.

Un silence pesant s'installa dans le petit bureau enfumé par les cigarillos que Bornat grillait à la file, projetant la fumée vers le plafond la tête renversée.

— Dans ce cas, nous nous voyons contraints de

demander un rendez-vous au ministre. Montagne avait durci le ton.

— Pour lui parler du meurtre de la salle Daru ? l'interrompit Bornat d'un ton sarcastique en cherchant dans sa poche un briquet ou des allumettes. Puis il ajouta, détaché :

— Au fait, ce jeune Frisquet — c'est ça, Simon Frisquet — j'ai une mission passionnante pour lui. La commission du patrimoine corse cherche un rapporteur. Je pense qu'il aurait le profil idéal...

— Monsieur le conseiller, répliqua Montagne, Simon Frisquet est affecté aux Musées de France et, de surcroît, dans mon département. Il a un travail considérable à accomplir. J'ajoute qu'il dépend hiérarchiquement de M. Bertillon qui est le seul, à mon sens, à pouvoir discuter avec vous de cette perspective.

— Je ferai signer par le ministre une note à Bertillon sur ce sujet.

C'était dit d'un ton péremptoire. Puis, Jean-Michel Bornat se leva. L'entretien était terminé.

En traversant la cour des colonnes de Buren, Pierre Montagne et Michel Lamotte étaient furieux. Comme prévu, ils s'étaient heurtés à un mur. S'ils voulaient empêcher le tableau de partir, il fallait aller trouver Lang en personne et lui mettre leur démission entre les mains.

Il était bientôt huit heures du soir.

— Voulez-vous manger un morceau avec moi, Michel ? demanda Montagne au directeur du Louvre.

— Merci, Pierre, mais j'ai prévu de faire une tournée au musée à huit heures ce soir. Depuis le-

meurtre, je redouble de vigilance. Pour tout vous dire, je ne suis pas tranquille. J'ai comme le pressentiment qu'une menace pèse sur nous. C'est difficile à expliquer. Enfin, bref, j'aime autant être sur place. Vous comprenez ?

Montagne sourit. Lamotte avait la même conscience professionnelle que lui avec, en plus, une capacité d'imagination qu'il ne soupçonnait pas chez lui. Les croisades qu'ils avaient menées ensemble lui revenaient à présent en mémoire. Il y avait eu, en 1963, le sauvetage des fresques du Palais des Papes à Avignon, puis l'organisation de la grande exposition Poussin à Versailles en 1964 dont personne, au cabinet de Malraux, ne voulait, et, dans les années 70, le lobbying pour la construction d'un musée national d'art moderne digne de ce nom, suggestion reprise au vol par Pompidou qui, sur-le-champ, avait décidé la création du centre qui porte aujourd'hui son nom...

— Je vous comprends. Ne restez pas trop tard quand même. Bonne nuit.

— Bonne nuit.

Pierre Montagne avait quitté Lamotte place du Palais-Royal et s'apprêtait à prendre son bus habituel place du Carrousel. Il n'avait pas vu arriver le taxi surgissant à grande vitesse, derrière les guichets. Surpris, il hésita pendant un quart de seconde. Devait-il s'engager plus avant ou, au contraire, se jeter en arrière ?

Par principe, il avait envie d'opter pour la première solution. C'est lorsqu'il constata avec effarement que le taxi, loin de freiner sa course folle, continuait sur sa trajectoire infernale qu'il eût l'instinct de faire un bond de côté.

Le taxi l'avait frôlé. Une seconde plus tard, Pierre Montagne aurait été renversé et réduit en bouillie contre le mur d'un des guichets. C'eût été, admit-il en se ressaisissant, une mort digne d'un conservateur en chef. Mais il trouva aussi que c'eût été dommage pour le Louvre et pour les musées en général. Il avait encore tant de choses à faire, tant de recherches à accomplir, tant de chefs-d'œuvre inconnus à débusquer, tant de catalogues raisonnés à établir.

Pas un instant, Pierre Montagne n'imagina que ce taxi fou qui avait manqué de le tuer aurait pu ne pas être le fait du hasard.

Pierre Montagne, il est vrai, n'aimait pas les romans policiers et avait horreur des films d'espionnage.

La Victoire de Samothrace

Il était trois heures de l'après-midi lorsque, sur le cour numéro trois du Racing, au cœur du bois de Boulogne, Simon Frisquet avait été battu au troisième set. Il détestait perdre, surtout au tennis. Le matin même, alors qu'il s'apprêtait à se rendre au vernissage de l'exposition sur les *Ex-voto et crucifix du XVIe siècle* sous la Pyramide, il avait eu à répondre aux questions d'un gentil inspecteur de police au sujet du meurtre de Blancart. Un fait troublait Simon Frisquet : c'était Jean Blancart qui avait allégé le vernis de *La Dame à la Toison d'Or* un mois plus tôt. Il avait cru bon de révéler ce fait à l'inspecteur qui avait aussitôt consigné son propos au procès-verbal, en lui accordant la plus haute importance. Ce qui avait étonné Frisquet, c'est qu'il avait été le premier à faire cette révélation alors que la plupart de ses collègues avaient déjà été entendus. Cette partie de tennis qu'il s'octroyait hebdomadairement tombait bien. Elle lui changerait les idées. Mais les événements avaient contribué à contrarier son jeu ; il pensait à autre chose et renvoyait mécaniquement les balles jusqu'à ce que soit consommé son cuisant échec : 6-3, 6-2, 7-5 en face de Véronique Trap, une journaliste au profil de madone qui, après avoir échoué à l'oral du concours de conservateur des Musées nationaux, tenait la rubrique beaux-arts au *Figaro Magazine*. Elle y réussissait en particulier à s'ouvrir en exclusivité les portes des collections privées les plus secrètes du monde.

Véronique était gauchère, et lui droitier. Il avait toujours existé une sourde rivalité entre eux, depuis qu'ils avaient usé leurs fonds de culotte sur les bancs de l'Institut d'art et à la bibliothèque Doucet. La jeune femme jalousait quelque peu Frisquet d'avoir intégré les Musées de France tandis que ce dernier aurait bien aimé parcourir la planète pour entrer dans l'intimité des grands collectionneurs comme la jeune femme avait réussi à le faire. Aussi, lorsqu'ils jouaient au tennis, une fois par mois, l'un contre l'autre, la partie tournait rapidement au règlement de comptes. Il avait d'ailleurs fini par lui tourner les talons lorsque Véronique s'était lancée dans une boutade sur le meurtre de la salle Daru, histoire — pensait-elle — de détendre l'atmosphère.

C'est donc la mine triste qu'il fit irruption dans la salle de documentation du département des peintures où, sagement assises autour d'une immense table, des élèves de l'École du Louvre découpaient avec soin les catalogues des ventes de Sotheby's et Christie's du mois précédent. Il devait impérativement achever son article pour la *Revue du Louvre* sur le cadre de *La Dame à la Toison d'Or*. Pierre Montagne lui avait signifié le matin même qu'une dizaine de pages avaient été réservées à cette étude dans la prochaine livraison de la revue. Pour le conservateur en chef des peintures, c'était là un moyen supplémentaire de mobilisation des milieux d'amateurs et d'historiens d'art destiné à mettre en évidence l'aberration que représenterait un prêt du panneau de Dürer à Washington.

— Ne pourrions-nous pas attendre un mois de plus, je dois me rendre à Édimbourg où il existe, à la Galerie Royale d'Écosse, un cadre du même type autour d'une ravissante Lucrèce de Cranach [1] ?

— *La Lucrèce à la lucarne* ? Je connais son cadre. C'est un faux. Inutile d'y aller. Tom Watson, notre collègue, me l'a d'ailleurs confirmé par téléphone, il y a quelques années. J'ai déjà, moi aussi, cherché de ce côté-là...

— Saviez-vous que Blancart avait en charge l'entretien de *La Dame à la Toison d'Or* ?

— Et alors ? Ce n'est pas ça qui l'a tué, non ? S'il vous plaît, ne me parlez plus de cette histoire, je n'en ai que trop entendu.

Le ton de Pierre Montagne était sans appel. Frisquet avait compris que son article n'attendrait pas, et que la seule évocation du meurtre irritait profondément son conservateur en chef. Il s'apprêtait à replonger dans la douzaine de boîtes — parmi les mille trois cent trois que comptait la « doc » comme on l'appelle familièrement — consacrée aux cadres des tableaux du Louvre, lorsque la secrétaire de Pierre Montagne vint le prévenir qu'un correspon-

1. Lucas Cranach (1472-1553), peintre allemand contemporain de Dürer.

dant l'appelait au téléphone. Il passa dans la pièce à côté où se trouvait le téléphone de Jacques Boucart, le directeur de la « doc ».

— Allô, Simon ?

Il sourit. Pamela se décidait enfin à le rappeler.

Il avait reconnu immédiatement les intonations fruitées de la voix de Pamela de Bambridge. Originaire des Seychelles, Pamela était correspondante de la revue américaine *Apollo*, un superbe magazine d'art sur papier glacé. Pamela était une jeune femme blonde aux hanches superbes et à la bouche couleur framboise. Simon Frisquet l'avait rencontrée l'année précédente au cours d'un de ces repas pris au « Village » de Roland-Garros au moment du tournoi, là où le tout-Paris politico-médiatique et financier essaie de faire croire qu'il s'intéresse réellement au tennis. Il avait tenté de lui faire la cour mais elle avait gentiment repoussé ses avances. Il l'avait invitée deux fois déjà à prendre un verre au bar de l'hôtel du Pont-Royal pour l'épater, entre un auteur de l'écurie Gallimard et un directeur littéraire de chez Grasset. Pamela ne l'avait jamais rappelé. Frisquet, ravi et surpris de l'aubaine, mais également un peu sceptique, craignant que la jeune femme ne l'ait appelé que pour en savoir plus sur le meurtre de la salle Daru, prit le ton le plus enjoué possible :

— Quelle heureuse surprise... Pamela, que puis-je pour toi ?

La jeune femme était pressée. Elle ne le laissa pas terminer sa phrase.

— Je t'appelle pour des raisons professionnelles...

« Le meurtre, évidemment », songea Frisquet avec résignation.

Il est vrai que la presse était encore remplie d'articles sur le crime de la salle Daru. Patrick Poivre d'Arvor et Guillaume Durand, chacun pour ce qui les concerne, avaient à nouveau ouvert le journal télévisé de vingt heures sur cette enquête qui n'en finissait pas de piétiner.

— Vas-y, je t'écoute, dit-il sur un ton qui se voulait détaché.

— Je fais un reportage pour *Apollo*. Passionnant. Sur « Les coulisses du Louvre ». Tout quoi. Les caves, les réserves, les mètres de cimaises, la longueur au centimètre près de la Grande Galerie et le poids du *Scribe écrivant*...

Le rire de Pamela, étincelant, résonnait si fort dans l'écouteur que les élèves de l'École du Louvre qui découpaient dans la salle attenante relevèrent le nez, d'un air étonné. Frisquet en restait muet de stupéfaction. Ainsi, ce n'était pas le meurtre qui l'intéressait. Curieux, pour un journal censé parler du monde de l'art. Au demeurant, Pamela était intarissable, et extrêmement pressée. Son éditeur voulait le papier pour la semaine prochaine. Le bouclage de la revue *Apollo* ne supportait pas un jour de retard. Frisquet songea un instant à tous les charmes qui pouvaient accompagner une visite guidée du Louvre de fond en comble, dans ses moindres recoins, en compagnie de la jeune femme. Il avait entendu ses collègues indiquer qu'il fallait au moins douze jours — pas moins — pour explorer la totalité du bâtiment. Restait l'obstacle de Pierre Montagne, qui tordrait vraisemblablement le nez lorsque Simon Frisquet lui annoncerait un retard dans la remise de l'article sur le cadre de *La Dame à la Toison d'Or*. Sans compter la poursuite de l'enquête de police sur le meurtre de Blancart qui empoisonnait quelque peu l'atmosphère au Louvre. Tous les déplacements à l'intérieur du musée étaient contrariés, gênant dans son travail le personnel, plus particulièrement le corps des gardiens au sein duquel les réunions syndicales se succédaient.

Plus le temps passerait et plus il deviendrait difficile de faire visiter le musée à Pamela. Une enquête sur les coulisses du Louvre au moment où l'assassin était encore recherché, cela aurait pu paraître inconvenant. Pour éviter la colère de Pierre Montagne sans décevoir la belle Pamela Bambridge, ni faire jaser dans tout le Louvre, il fallait faire vite et surtout agir discrètement.

— Pamela, êtes-vous libre aujourd'hui à 19 heures ?

La jeune femme hésita un instant. Elle avait rendez-vous à l'hôtel Bristol avec un banquier qui lui faisait la cour pour prendre un verre avant d'aller dîner chez Lucas Carton. Mais elle avait décidé de rendre cet article à *Apollo* dans les délais promis. De surcroît, la perspective de retrouver ce jeune homme blond à l'esprit très vif, même s'il lui était apparu encore un tantinet gamin dans cette façon qu'il avait de paraître assez satisfait de sa personne, ne lui déplaisait pas.

— OK, Simon. Mais, n'est-ce pas une heure de fermeture ?

— Oui, comme cela nous pourrons voir encore

plus de choses en toute tranquillite. Cela dit, si vous ne pouviez pas venir ce soir, il faudrait remettre cette visite au mois prochain. Je pars convoyer des dessins de David à Baltimore et j'en profite pour faire un crochet par New York pour aller visiter une exposition de gravures maniéristes à la Pierpont Morgan Library. De surcroît, ce meurtre de la salle Daru dont toute la presse parle va créer un climat peu propice à ce genre d'investigation. J'ai été, moi aussi, interrogé par la brigade criminelle.

— OK, Simon. J'arrive tout de suite. Après, nous irons dîner. Et c'est moi qui t'invite.

Sacrée Pamela ! Elle avait prononcé cette invitation d'un ton si adorable que Frisquet sentit qu'il fondait encore un peu plus sous le charme de cette voix exquise où perçait ce léger accent anglais si agréable à une oreille masculine française.

Lorsque Pamela Bambridge et Simon Frisquet franchirent la porte qui permet d'accéder, depuis l'escalier du Pavillon de Flore, à la Galerie de peinture caravagesque, il faisait déjà nuit noire dans le musée. Ils s'habituèrent à la pénombre et s'engagèrent dans la salle des Rubens de Marie de Médicis. Pamela riait comme une petite fille devant les chairs opulentes des naïades que Rubens a placées avantageusement au premier plan du *Débarquement de Marie de Médicis à Marseille*. Ces corps féminins obéissaient à des canons esthétiques qui échappaient complètement à nos contemporains et à leurs crèmes amincissantes, et pourtant Simon Frisquet les trouvait beaux ; tout simplement parce qu'ils étaient « bien peints ».

— Elles pourraient faire un régime macrobiotique, pouffa-t-elle en pointant le doigt vers ces immenses peintures exposées sur une damasserie rouge qui les rendait encore plus majestueuses et théâtrales.

— A l'époque de Rubens, ce n'était pas encore à la mode, répliqua Simon Frisquet en s'esclaffant.

Il s'approcha d'une petite armoire électrique et farfouilla, à la recherche de l'interrupteur permettant d'éclairer les lieux

Soudain, la pénombre laissa la place à une féerie de lumière. Frisquet avait actionné le mécanisme qui met en incandescence les milliers de tubes au néon logés au-dessus des verrières de la salle Van Dyck et de la Grande Galerie, dont l'intensité reproduit au lux près celle de la lumière du jour quelle que soit l'heure y compris la nuit, lors des ouvertures du Louvre en nocturne, le mercredi et le samedi.

Alors, la jeune femme commença à courir comme aspirée par l'immensité du Louvre. Ses pas résonnaient sur le parquet ciré. Elle ne fut bientôt qu'une minuscule silhouette cernée par Hubert Robert[2], Poussin, Georges de La Tour, avant d'être absorbée par l'immensité du salon Carré où l'accueillit la vierge éplorée de la *Pietà d'Avignon.* Pris au jeu, Frisquet avait, de son côté, piqué un sprint. Afin de dépasser la jeune femme et la prendre par surprise, il avait tourné à gauche, avant la porte du salon Carré, vers la salle dite des « sept mètres » où le département des peintures expose les plus beaux Rembrandt et Frans

2. Hubert Robert (1733-1808), peintre de paysages et de ruines romaines.

Hals. De là, il avait débouché sur l'espace qui surplombe l'escalier du haut duquel la *Victoire de Samothrace* déploie ses ailes frémissantes et gigantesques. Simon Frisquet se tenait déjà aux pieds de la *Victoire* lorsque Pamela, essoufflée par sa course, arriva du salon Carré par les salles Percier et Fontaine. Il surgit de derrière le socle de la statue ailée et la saisit par la taille en poussant un cri. Pamela hurla de terreur puis éclata d'un fou rire démultiplié par l'écho.

La minuterie électrique ayant atteint le délai de six minutes trente, temps nécessaire pour effectuer la ronde entre la Salle Van Dyck et le vestibule de la *Victoire de Samothrace*, la lumière, subitement, fut coupée. Seules les enseignes « issue de secours » émergeaient de la nuit noire dans laquelle le musée venait à nouveau de tomber.

— Je n'y vois plus rien. Simon, où es-tu ?

Pamela avait cessé de rire. Sa voix, subitement, paraissait nerveuse. Sans doute était-elle à son tour impressionnée par ces lieux sombres et immenses.

Simon Frisquet sentit l'aubaine.

— Là. Donne la main. Tiens. Ça va mieux ? Tu vois, il n'y a rien de spécial. Le Louvre la nuit c'est comme le jour !

Elle se laissa prendre la main. Simon la serrait doucement, profitant de la sensation de douceur de la peau sèche et soyeuse et de cette tiédeur qui émanait de la paume.

Ils s'habituaient peu à peu à la pénombre. Le grand hall s'étendait devant eux. Tout en bas, l'enfilade de sarcophages comme à Karnak. Sur la gauche, les salles Percier et Fontaine. A droite, la rotonde sur laquelle s'ouvre la galerie d'Apollon. Le silence était devenu total. Le seul bruit perceptible était le grésillement des lampes d'issues de secours.

Simon Frisquet sortit une minuscule torche électrique de la poche droite de son veston et balaya l'atmosphère. Le pinceau lumineux détailla la *Victoire de Samothrace* avant de se perdre sous les immenses voûtes qui surplombent la statue.

— Je la porte toujours avec moi lorsque je vais dans les réserves du musée.

La jeune femme frissonna. L'immensité du musée désert et obscur avait fini par l'impressionner. Elle serrait de plus en plus fort la main de Simon et s'accrochait à lui comme à une bouée de sauvetage.

— Pourquoi ? Il fait toujours nuit lorsque tu vas dans les réserves.

Elle avait soudain le ton et les questions d'une petite fille.

— Il m'arrive simplement de ne pas voir le temps passer. Je me suis déjà laissé enfermer trois fois ; l'électricité avait été coupée. J'ai eu un mal fou à trouver le téléphone mural pour demander à la sécurité de bien vouloir me délivrer. Depuis, je porte toujours cette petite torche avec moi. C'est mon viatique, ajouta-t-il en souriant. Il nous faut aller par là ! Viens.

Pamela et Simon s'engagèrent dans la rotonde de la galerie d'Apollon avant d'entrer dans la salle dite des Sept Cheminées où sont exposées les toiles les plus importantes de la collection de peintures italiennes de la fin du XVIIe siècle.

— Regarde mon tableau préféré. Simon pointa son minuscule pinceau lumineux vers la plume rouge du turban qui coiffe la tête du David de *David et Goliath* du Caravage [3] dont le modèle, au déhanchement équivoque, s'est répandu dans l'Europe entière.

— C'est beau, lâcha-t-elle sans grande conviction mais avec au moins la certitude de ne pas commettre de gaffe.

Pamela Bambridge n'entendait pas grand-chose à la peinture. De surcroît, de plus en plus impressionnée par la pénombre de ces lieux, elle se contentait de serrer le bras de son mentor sans rien dire.

— Pour moi, c'est le plus grand.

Le ton de Simon Frisquet était presque emphatique. A l'aide de sa torchère, il retraçait les lignes, la force de la composition, le célèbre déhanchement du jeune héros, la face affreuse du géant qu'il vient, contre toute attente et malgré le déséquilibre des forces en présence, d'achever. Puis il pointa son pinceau lumineux vers les paysages animés de Carrache [4] avant de détailler *La Mort de la Vierge*, un autre chef-d'œuvre du Caravage pourtant refusé par le chapitre de l'église romaine de Santa Maria Alla Scala pour laquelle le peintre en avait reçu la commande, vers 1605.

Au moment où ils allaient sortir de la salle des Septs Cheminées pour se rendre vers l'ascenseur qui permet d'accéder aux étages des galeries de la cour

3. Le Caravage, inventeur du clair-obscur, né à Caravaggio en 1573, mort à Porto Ercole en 1610.

4. Les frères Ludovico et Agostino Carrache, peintres et décorateurs italiens.

Carrée, là où le département des peintures dispose de ses réserves, Simon Frisquet, soudain, s'arrêta pile.

Pamela qui n'avait même pas jugé du brio avec lequel le jeune conservateur lui avait commenté les tableaux italiens de la salle des Sept Cheminées — elle qui, jusqu'alors, n'aurait pas su distinguer un Caravage d'un Léonard de Vinci — faillit le faire tomber. Complètement surprise, elle le retint en criant. Ce qu'elle entendit alors lui glaça les sangs. Instinctivement, elle lui reprit la main.

Dans le silence sépulcral du musée désert, des râles étaient perceptibles. On aurait dit qu'ils provenaient d'un animal blessé. De petits cris angoissés alternaient avec de longs gémissements gutturaux. Dans la pénombre du Louvre, ce bruit montait droit au cerveau de Simon et Pamela, déclenchant chez tous deux une décharge d'adrénaline. Cela venait de la rotonde de la galerie d'Apollon. Indubitablement. L'un comme l'autre, alors, sentirent perler sur leur front quelques gouttes de sueur. La paume de leurs mains, soudain, s'humidifia.

Simon s'élança, la main de Pamela enfermée dans la sienne comme une huître enserre une perle. En une seconde, ils arrivèrent dans la rotonde. Le râle se faisait plus précis. Pourtant, la rotonde était vide. Nulle trace de forme allongée, pas même un chat blessé. C'est alors que Pamela poussa un hurlement de terreur. La jeune femme tremblait comme une feuille. Elle désignait la galerie d'Apollon.

— Simon, là. Un homme au milieu d'une flaque de sang ! Frisquet tourna le regard dans la direction que lui indiquait Pamela. Il n'en croyait pas ses yeux.

Au milieu de la galerie d'Apollon, doucement éclairée par les néons de secours — depuis le vol de l'épée de Charles X, un éclairage de sécurité était prévu 24 heures sur 24 —, on pouvait apercevoir par-delà l'admirable grille de ferronnerie, forgée en 1648 pour le président de Longueil, le corps d'un homme ensanglanté qui se roulait par terre. L'homme paraissait noir de peau. Dans son agonie, il roulait des yeux blancs. Ses mains, crispées sur son abdomen, étaient rouges d'hémoglobine. Il devait avoir reçu une grave blessure à l'estomac et se tenait le ventre pour en empêcher le sang de jaillir.

Un second meurtre; à trois jours d'intervalle! Quelle malédiction avait frappé le plus grand musée du monde?

Simon Frisquet essaya frénétiquement d'ouvrir les lourdes grilles de l'entrée de la galerie. Elles étaient fermées à double tour. Pamela, de plus en plus terrorisée, se collait à son dos. Il pouvait sentir l'haleine légèrement mentholée de la jeune femme juste derrière son cou et se surprit à éprouver une bouffée de tendresse pour Pamela.

« Sortir d'abord de ce cauchemar », pensa-t-il de toutes ses forces, pour mieux se concentrer sur l'ouverture de la grille qu'il saisit des deux mains. Seuls les râles du mourant accompagnaient dans le musée endormi les grincements provoqués par les efforts de Simon pour ouvrir la barrière de métal.

Pamela, à trop se serrer contre lui, déséquilibra son compagnon, l'entraînant dans sa chute au moment précis où, prenant de l'élan, il essayait de se jeter sur la grille pour la faire céder.

Ils roulèrent lourdement sur le sol, bras et jambes entremêlés. En d'autres circonstances, ils auraient éclaté de rire l'un et l'autre, à se retrouver ainsi enlacés par terre au beau milieu d'un palais séculaire, davantage habitué à voir passer la cohorte en rangs serrés de touristes japonais qu'on emmène voir *Monna Lisa* et la *Vénus de Milo,* qu'à assister à ce genre de cabrioles. Au bout de quelques secondes, Simon, encore tout étourdi, se releva en titubant. Pamela, les yeux fixés vers le plafond, demeurait allongée. L'éclairage de sécurité de la galerie d'Apollon s'était éteint. D'un seul coup, les râles avaient cessé. Frisquet ramassa sa torchère qui lui avait glissé des mains lorsque Pamela l'avait fait tomber par terre, et la pointa dans la direction où, quelques instants plus tôt, s'étalait le corps de l'homme ensanglanté. Le parquet brillant et marqueté de la galerie où est exposé le reliquat des bijoux de la couronne était désespérément vide. Comme par miracle, toute trace de corps et de sang semblait avoir disparu. Il se pinça le bras. Non, il ne rêvait pas. L'homme agonisant avait complètement disparu. Aurait-il eu la force de se traîner vers l'un des réduits de la galerie d'Apollon ? Simon secoua frénétiquement la grille pour tenter de l'ouvrir. Elle demeurait hermétiquement close, l'empêchant d'aller voir l'endroit où le corps qui gisait là, il y a encore une minute, s'était volatilisé.

Simon Frisquet sentit son cou devenir humide. C'était Pamela Bambridge qui sanglotait, secouée de spasmes nerveux, collée à lui comme l'écorce sur le tronc.

Simon Frisquet la prit doucement dans ses bras et c'est la tête sur son épaule que la jeune femme fit, en sa compagnie, le trajet inverse qui mène de la galerie d'Apollon au pavillon de Flore.

Si les gardiens avaient pu les voir, ils auraient trouvé ce couple d'amoureux particulièrement émouvant et beau. Ils auraient pu également s'étonner de voir les deux jeunes gens étroitement enlacés marcher aussi vite qu'ils pouvaient dans la Grande Galerie, pressant le pas sans prêter la moindre attention aux chefs-d'œuvre qui leur faisaient une haie silencieuse. A tort, nos gardiens auraient pensé qu'ils tenaient deux jolis spécimens de cette race de visiteurs qu'on rencontre au Louvre de plus en plus souvent hélas : celle des touristes-sprinters qui mesurent leur activité davantage aux kilomètres de cimaises avalés qu'à la qualité de leur vertu contemplative devant les œuvres d'art qu'ils ont sous les yeux.

Arrivés dans la salle Médicis, ils se mirent à courir. D'un seul coup, Frisquet stoppa net sa jeune compagne. Une lumière se profilait au bout de la galerie des peintures italiennes baroques, là où est exposée la donation Besteigui et notamment *La Marquise de la Solana* de Goya[5] au nœud rose à la tonalité inoubliable, au milieu des camaïeux de gris, de l'anthracite au gris perle, du costume de l'imposante marquise.

Le lumignon avançait vite. Au bruit des pas, il comprit qu'il s'agissait de deux personnes, dont on ne distinguait que les silhouettes, protégées qu'elles

5. Francisco Goya (1746-1828), peintre romantique espagnol.

étaient par le contre-jour de leur lampe qui devenait de plus en plus éblouissante au fur et à mesure qu'elle se rapprochait. Après toutes les émotions du quart d'heure précédent, les jeunes gens avaient les nerfs à fleur de peau. Frisquet éprouvait même une sensation de peur qu'il essayait en vain de dominer et qui lui prenait peu à peu le plexus solaire.

Arrivés à quelques mètres, l'une des deux silhouettes héla Simon Frisquet.

— Tiens donc, Frisquet, vous êtes encore là ?

C'était la voix douce et calme de Lamotte, le directeur du Louvre. Simon Frisquet lâcha un immense soupir de soulagement.

— Vous nous avez fait peur, fit-il en essayant de rire. Dans ce noir, on se demande toujours sur qui on va tomber, ajouta-t-il dans un souffle.

— D'autant que le Louvre est devenu un lieu dangereux ! répondit Cambiaseau, gardien-chef préposé au service de nuit à mi-temps.

Pamela Bambridge éclata à nouveau en sanglots et agrippa ses bras autour du cou de Frisquet. L'odeur légèrement musquée de la jeune femme monta vers ses narines. Il l'avait déjà sentie, quoique moins forte, lorsqu'elle s'était blottie contre lui dans la rotonde où débouche la galerie d'Apollon.

— Regardez un peu ce que nous venons de trouver !

Le directeur du Louvre leur tendait la main. Ils n'eurent ni l'un ni l'autre le temps de dire un mot, et encore moins de raconter les circonstances de leur macabre découverte et de sa disparition soudaine, au beau milieu d'une galerie d'Apollon fermée à double tour.

L'épisode leur paraissait d'ailleurs tellement invraisemblable qu'ils ne se sentaient pas le courage d'en parler à Lamotte comme cela, au milieu de la galerie des peintures italiennes. Au bout de ses doigts, sur lesquels Cambiaseau avait pointé son rayon lumineux, le directeur du Louvre tenait quatre plumes de coq.

C'étaient des plumes de queue de coq, vertes et mordorées à souhait, d'une vingtaine de centimètres de long, comme les *bersaglieri,* les fantassins qui soutinrent Victor Emmanuel lorsqu'il créa l'unité italienne, les portent à leur chapeau.

Interloqués, les jeunes gens ne surent que dire. Frisquet crut sincèrement que Lamotte était devenu fou. Devant les pendants de Giandomenico Tiepolo [6] représentant *Le Carnaval vénitien,* le directeur du Louvre, avec des plumes de coq éclairées comme au théâtre par un gardien qui, visiblement, n'en menait pas large, discutait avec deux jeunes gens qui venaient de découvrir un cadavre dans la galerie d'Apollon. La situation, d'incongrue, confinait au surréalisme.

Pamela avait l'air de plus en plus stupéfaite. Elle regardait alternativement Lamotte et Frisquet sans oser proférer une parole. Simon imagina qu'elle devait être en train de se demander, glacée d'effroi, si elle ne sombrait pas dans la folie depuis qu'elle avait

6. Giandomenico Tiepolo (1727-1804), peintre vénitien.

eu l'imprudence de demander à Simon Frisquet de lui ouvrir les coulisses du plus grand musée du monde à l'heure de la fermeture. Et si c'était cela, le secret du Louvre ? Ces choses extraordinaires qui se passaient à l'intérieur, une fois le musée vide et livré aux seules œuvres d'art dont les fantômes sortaient peut-être pour exercer leurs facéties. Qu'aurait pensé *Apollo* d'une explication de ce genre, en exergue de l'article écrit par Pamela ?

Il fut sorti de cette réflexion par la phrase que proféra alors Lamotte. Il se pinça pour vérifier qu'il ne rêvait pas. Mais, Simon Frisquet avait bien entendu ce que le directeur du Louvre avait dit :

— C'est bizarre. J'ai trouvé ces plumes de coq il y a dix minutes aux pieds de la *Victoire de Samothrace.*

Simon Frisquet fit un rapide calcul en regardant sa montre. Cela faisait douze minutes exactement que Pamela et lui avaient été les témoins de l'épisode du cadavre ruisselant de sang mystérieusement disparu de la galerie d'Apollon.

Le directeur, escorté par le gardien, repartait déjà vers la *Victoire de Samothrace* afin de mieux examiner l'endroit où, par une curieuse génération spontanée, des plumes de coq avaient poussé sur le dallage froid et humide au-dessus duquel se dresse la victoire ailée la plus célèbre de l'Occident.

— Bon, on a assez perdu de temps comme ça. Vous m'expliquerez une autre fois ce que vous faisiez là avec Mademoiselle, lâcha Lamotte d'un ton ironique à l'intention de Simon.

Et il tourna les talons, s'éloignant avec Cambiaseau.

— Pourquoi ne lui as-tu rien dit au sujet du corps agonisant ? Pamela le regardait avec circonspection.

— Lamotte m'aurait pris pour un fou, lui répondit-il.

— Et les plumes de coq, tu crois que c'est mieux ?

— Sait-on jamais, peut-être que l'homme agonisant s'est changé en oiseau. D'ailleurs, il devait avoir des ailes pour disparaître aussi rapidement...

Simon Frisquet mène l'enquête

Il était près de deux heures de l'après-midi du samedi lorsque Simon Frisquet se réveilla la bouche pâteuse. Le soleil perçait les méchants rideaux de cretonne fleurie offerts par sa mère, dans un élan du cœur comme seules les mères savent en produire lorsqu'il s'agit de « leur-fils-qui-monte-à-Paris ».

Il devait y avoir bientôt deux heures que Pamela l'avait quitté. Les draps étaient encore tout imprégnés de l'odeur musquée de la jeune femme. Il l'avait entendue prendre sa douche et s'habiller en silence. Puis elle lui avait glissé un baiser et s'était éclipsée. Elle sentait le savon à la lavande qu'il utilisait. Simon Frisquet, quoique de sensibilité très « visuelle », aimait les odeurs. Étendu sur le lit, sans bouger un doigt de pied, il fixait le plafond. Il se remémorait la soirée de la veille, le cadavre dans la galerie d'Apollon, le coup des plumes de coq ramassées par Lamotte, puis le dîner aux chandelles — huîtres et soupe à l'oignon — chez Ruc ; et enfin la tendresse et la fougue de la jeune femme, arc-boutée sur son corps dans ce lit même quelques heures auparavant. Il lui avait proposé de venir visiter le studio où il habitait, sous les toits d'un immeuble de la rue Gît-le-Cœur. Elle avait accepté sans rien dire, avec une facilité qui avait déconcerté Simon Frisquet. Il avait mis cela sur le compte de l'émotion. Il pensa aussi à son article pour la *Revue du Louvre* sur le cadre de *La Dame à la Toison d'Or.* Irait-il, comme tous les samedis après-midi depuis qu'il avait été admis au concours des musées, à la Bibliothèque nationale, compulser les collections de *Burlington Magazine* et autres *Connaisseur* pour y retrouver ces références qu'on doit absolument accumuler dans les notes de bas de pages des articles scientifiques qu'on rédige, à l'intention de ceux-là mêmes qu'on cite ? Ce jour-là, après avoir fait l'amour à Pamela, il n'avait décidément aucune envie de respirer cette odeur de ranci et de poussière qui caractérise toutes les grandes bibliothèques anciennes, que ce soit la Vaticane, l'Albertina de Vienne ou encore — *last but not least* — la British Library de Londres.

A la Bibliothèque nationale, ce mélange d'étudiants attardés, d'universitaires américains, de professeurs au Collège de France et de nègres écrivant des livres signés par d'autres finissait par l'amuser. Entre midi et demi et une heure, Frisquet ne répugnait pas à partager avec cette faune très particulière une tartine-rillettes arrosée d'un verre d'eau de Vichy dans l'un des troquets de la rue Richelieu. Certains individus étaient plutôt divertissants, tel ce professeur de littérature hébraïque de l'université d'Uppsala qui avait eu le temps, entre une vingtaine de livres sur les récits hassidiques, de devenir l'un des meilleurs spécialistes de peinture française du XVIe siècle. N'était-ce la perte de temps infinie que requiert la consultation du moindre ouvrage, les magasiniers travaillant à leur propre rythme, la « Nationale » était peu à peu entrée dans l'univers de Simon Frisquet de même, par exemple, que le jardin du Luxembourg fait partie de celui des étudiants qui ont encore la chance de suivre leurs cours au quartier Latin.

Ce jour-là, toutefois, il n'éprouvait pas cette excitation coutumière lorsqu'il se donnait un après-midi pour résoudre l'énigme d'un dessin inédit ou recouper ses sources en fouinant dans des recueils d'archives peu exploitées, bref, pour exécuter ce travail d'enquête policière qui est celui de tout historien digne de ce nom.

Cet article pour la *Revue du Louvre* tombait on ne pouvait plus mal. Il pensait profondément que Pierre Montagne se trompait lorsqu'il tenait le cadre de *La Lucrèce à la lucarne* d'Édimbourg pour un faux. Frisquet avait pu examiner à la loupe une photo de cet encadrement et il lui avait semblé lire, dans le coin droit du bas, l'ébauche d'un monogramme. Probablement la marque de l'ébéniste. Or, toutes les marques d'ébénistes connues se trouvaient être répertoriées dans les huit volumes du *Kayser Buch Lexikon,* bible de la biographie des ébénistes, dont la Bibliothèque nationale possédait le seul exemplaire conservé en France.

Frisquet était sûr qu'il tenait là un élément essentiel de la compréhension du tableau. Mais pour aller plus loin, il devait impérativement se rendre à Édimbourg afin d'examiner à l'œil nu cet encadrement où il lui semblait voir cette inscription déjà présente sur le cadre de *La Dame à la Toison d'Or.* Il sortit d'une grosse enveloppe une pile d'ektachromes. Il les tria et en sortit deux qu'il posa côte à côte sur la table de formica blanche de son minuscule coin cuisine. Le Cranach et le Dürer se trouvaient côte à côte. La photo comprenait leurs cadres. Ils étaient d'un style parfaitement homogène. Frisquet n'éprouvait aucun doute : les cadres provenaient de la même main. Il examina attentivement à l'aide d'une minuscule loupe porte-clés chacune des diapositives. Les moulures mordorées étaient identiques ; de même que les festons et les cartouches délicatement gravés au poinçon. Simon Frisquet se servit un verre de jus d'orange et le but d'un trait. La clé du problème se trouvait là. Si les cadres provenaient du même ébéniste, il devait nécessairement trouver sur celui de *La Dame à la Toison d'Or* le monogramme minuscule qu'il avait découvert entre deux grappes de pampre de l'encadrement de *La Lucrèce à la lucarne.*

Simon Frisquet éprouvait le même sentiment qu'Archimède lorsqu'il s'écria *Eurêka;* il jubilait et redoublait d'excitation. Il prit sa douche en trois minutes puis enfila l'un des T-shirts Émisphères qu'il avait l'habitude de porter le week-end. Il passa encore plus vite que d'habitude devant la loge de Mme Almeida, la concierge portugaise de l'immeuble, à qui il adressa son habituel salut de la main, les deux doigts formant le V de la victoire. Il sauta dans un taxi, lui qui ne circulait qu'en bus, et quinze minutes plus tard, se retrouvait devant la porte des Lions du pavillon de Flore. Il sonna. Il était 17 h 15. Le samedi, l'entrée qui, par l'ascenseur, permet d'atteindre les bureaux de la conservation des peintures, reste toujours fermée. Un gardien martiniquais vint ouvrir. Frisquet remarqua avec déplaisir une bouteille de rhum dans la main de cet homme qui titubait sérieusement. Il décida de ne pas faire d'esclandre, contrairement à l'attitude qu'il aurait adoptée en temps normal : il brûlait d'envie de procéder à la vérification qui occupait ses pensées et une algarade avec un gardien dans le cirage lui aurait fait perdre un temps précieux.

L'ascenseur le porta au quatrième étage, celui de la conservation. Le couloir sur lequel donnait le bureau de Pierre Montagne, aux allures de coursive de paquebot, était absolument désert. Frisquet se dirigea vers la petite armoire, située dans l'encoignure de la porte du service de documentation, où, d'habitude, sont rangées les clés de l'ensemble des réserves du département des peintures. Il composa le code — AX 347 — sur le clavier à touches tactiles et, avec un déclic sec, la porte de l'armoire s'ouvrit. Il ne restait plus qu'à identifier le lieu où *La Dame à la Toison d'Or* était entreposé. Ce fut un jeu d'enfant. Il lui suffit de pénétrer dans le bureau de Francine Campan, secrétaire des mouvements des toiles, dont le fichier scrupuleusement tenu à jour par une documentaliste permettait de connaître à tout moment la place exacte de tous les tableaux de la collection. Si les œuvres les plus célèbres ne changent, en effet, qu'exceptionnellement de place, une myriade de toiles secondaires sont utilisées pour boucher des trous d'accrochage, en cas de prêt d'œuvres majeures, ou encore pour occuper les salles d'étude qui servent à exposer les réserves au public.

La fiche de *La Dame à la Toison d'Or* était ornée d'une pastille bleu roi. Selon le code de Francine Campan, la couleur bleu roi correspondait à la réserve Sully III, située au troisième étage de la cour Carrée dans un endroit accessible par un unique monte-charge qui partait d'une des salles du département d'antiquités gréco-romaines dites « Campana » : c'était le nom de la fabuleuse collection entrée au Louvre à la fin du siècle dernier lorsque son propriétaire, en faillite, l'eût gagée au mont-de-piété et que Vivant Denon, premier directeur du Louvre, pût l'acquérir pour un prix des plus intéressants.

Il prit la clé de la réserve Sully III, referma la petite armoire et pénétra, par le chemin habituel, dans les salles du musée : galerie Italienne, salle Médicis, salle Van Dyck, Grande Galerie, salle des Sept Mètres, Victoire de Samothrace se succédèrent dans cet ordre. Il avait préféré éviter de passer par la salle Daru.

Arrivé à la rotonde de la galerie d'Apollon, une force irrésistible le poussa à pénétrer dans ce lieu où, la veille, il avait vu — mais n'était-ce pas un rêve ? — un homme agoniser. Des milliers de Japonais, d'ordinaire, s'ébahissent chaque jour devant les somptuosités des bijoux et la luminosité d'un des plus gros brillants du monde : le *Régent*.

La grille, à cette heure-là, comme il se doit, était ouverte. Et la galerie était largement éclairée comme si on s'apprêtait à y donner un bal. Il se rendit à l'endroit où il avait cru apercevoir le corps ensanglanté de l'homme blessé se rouler de douleur. Le parquet y brillait comme un miroir. Trois jeunes Japonaises gloussèrent devant ce jeune homme qui regardait le sol comme si des marguerites étaient en train d'en éclore. Gêné, il sortit de la galerie d'Apollon et pénétra dans les salles de mobilier funéraire du département égyptien qui s'ouvrent en enfilade à partir de la rotonde où, la veille même, en compagnie de Pamela, ils avaient roulé à terre.

Chaque fois qu'il traversait cette suite de salles aux ornements chargés, dont les vitrines regorgent de figurines de bois plus expressives que nature, de vases d'albâtre transparents comme une claustra et de masques de bronze aux yeux colorés de pâtes de verre, Simon Frisquet éprouvait une bouffée de nostalgie. Cela lui rappelait les après-midi passés à explorer ces lieux avec son école primaire de la rue Lecourbe, au sein d'une classe bruyante dont seuls trois ou quatre éléments voyaient dans la visite au Louvre autre chose qu'une occasion de chahut. A neuf ans, il avait ainsi rêvé devant la fine lame de silex blond et le manche d'ivoire du couteau de Djebel-el-Arak. L'arme était terrifiante et il imaginait combien de ventres cette lame de pierre avait pu transpercer. Le couvercle du cercueil du roi Antel Le Grand lui rappelait immanquablement le sarcophage découvert par le Tintin des aventures de Toutankhamon ; il admirait encore les coffres à canopes qui vont toujours, avait-il appris depuis, par quatre : les prêtres y plaçaient les viscères du défunt au moment de la momification. Au cours de l'une de ses visites, il avait même dessiné l'un de ces hippopotames en terre bleue émaillée qui semblent tout droit sortis d'un paysage lacustre. Pour tout dire, il aurait voulu demander à ses parents de lui procurer un hippopotame en peluche comme cadeau de Noël. Il n'avait pas osé. Une fois qu'il eut terminé son dessin, il l'avait montré à ses parents, en rougissant jusqu'aux oreilles et sans un mot, en espérant que sa mère décèlerait en lui ce désir immense qu'il éprouvait.

« Ce petit est doué. Il devrait épouser la carrière des musées. Qu'en penses-tu, Constance ? »

Ses parents n'avaient pas compris son message. En revanche, ils lui en avaient envoyé un que le jeune garçon avait reçu cinq sur cinq.

Frisquet avait encore dans les oreilles la grosse voix de son père et cette phrase qui avait déterminé sa vocation muséographique.

Cet après-midi-là, bien que ce fût samedi et quelques minutes avant la fermeture, les écoliers continuaient à peupler ces salles ou les chaouabtis [1] pullulent. Assis à même le sol, leurs cahiers sagement posés sur leurs genoux, ils copiaient avec plus d'application que ne le faisaient leurs congénères du temps de Simon Frisquet, des animaux en bronze d'époque saïte. Le soleil commençait à se coucher et les pâtes de verre azurées des chaouabtis resplendissaient

1. Les chaouabtis sont les momies miniatures dont les anciens Égyptiens se servaient comme amulettes.

comme des saphirs dans leurs vitrines vieillotes, cages usées pour des oiseaux rares.

Simon Frisquet regarda sa montre. Il était déjà cinq heures. Dans trois quarts d'heure, les gardiens procéderaient à la fermeture des salles. Ils feraient refluer progressivement, tel le berger son troupeau, la cohorte des Japonais disciplinés, des Américains ébahis, des Français récalcitrants et des Parisiens protestataires, vers les sorties, et inspecteraient chaque salle l'une après l'autre pour bien s'assurer que personne ne se ferait enfermer dans le musée. Au Louvre, Pantalacci appelait cette opération le « balayage en rateau ».

Alors, Frisquet se trouverait seul, à nouveau, dans le musée désert. Cette perspective éveilla en lui une jubilation teintée d'angoisse. Et si la lugubre apparition de la veille devait survenir à nouveau ? Il voulait en avoir le cœur net. Après avoir examiné sous toutes les coutures le cadre de *La Dame à la Toison d'Or,* il reviendrait dans la galerie d'Apollon résolu à résoudre cette énigme si, d'aventure, elle devait se reproduire comme la veille au soir.

Frisquet prit l'ascenseur brinquebalant qui monte aux salles de peinture de paysage français du XIXe siècle — Corot [2], Daubigny [3], Diaz [4] et les autres — et arriva, après être à nouveau sorti de la partie où circule le public, dans un vestibule poussiéreux sur lequel donnait une imposante porte blindée. Au-

2. J.-B. Corot (1796-1876), paysagiste et portraitiste pré-impressionniste.
3. L. Daubigny (1817-1878), peintre de l'école de Barbizon.
4. N. Diaz de La Peña (1808-1878), peintre de l'école de Barbizon.

dessus, un écriteau discret portait en lettres rouges « Sully III ». Une lumière rouge attestait que la réserve se trouvait bien sous alarme. Il engagea la clé ronde dans la serrure et poussa la porte.

La lumière rouge s'éteignit et un lumignon vert s'éclaira. Il avait coupé l'alarme en agissant sur l'ouverture de la porte. La réserve, dépourvue de fenêtres, était plongée dans le noir complet. Il chercha à tâtons les interrupteurs qu'il trouva juste à droite de l'entrée. Il connaissait bien le fonctionnement de Sully III où il était déjà venu cinq ou six fois. Les néons l'éblouirent, jetant sur la réserve une lumière froide de bloc opératoire.

Il n'y a pas, au Louvre, deux réserves identiques. Elles ont, par contre, une caractéristique commune : contrairement aux idées reçues, les réserves du Louvre ne sont pas situées dans les caves du musée mais plutôt dans les étages et au rez-de-chaussée. Depuis la construction de la Pyramide, les plus importants dépôts sont entreposés dans d'immenses chambres fortes directement accessibles par des camions. Les sculptures qui ne sont pas exposées dans les salles s'entassent dans des pièces voûtées donnant sur la cour Lefuel. Le département des peintures tient quant à lui ses quartiers réservés dans les étages et sous la Pyramide.

Sully III se présentait comme une pièce haute sans plafond où, de part et d'autre d'une allée centrale, d'immenses panneaux grillagés coulissants permettaient d'examiner les peintures accrochées à touche-touche. Frisquet aimait particulièrement tirer le quatrième panneau de gauche où des petits Poussin étincelants voisinaient avec des compositions antiques de Le Sueur. Ce jour-là, il alla droit vers le fond de l'allée centrale où, sur un chevalet, un rai de lumière éclairait les trois quarts du portrait de Dürer. Il éprouva à nouveau ce choc particulier et ce léger pincement au cœur qu'il ressentait à chaque fois qu'il concentrait son regard vers un chef-d'œuvre qu'il connaissait et qu'il aimait. Le pendentif au centre duquel s'affichait le mouton, animal fétiche de l'ordre dont la dame était décorée, brillait d'un éclat particulier. L'espace d'un quart de seconde, pourtant, Simon Frisquet se rendit compte que quelque chose avait changé dans cette œuvre depuis qu'il l'avait vue la semaine précédente dans les petits cabinets des écoles du Nord. A première vue, le portrait demeurait égal à lui-même. De surcroît, comment eût-on pu le modifier alors que le Louvre ne met ses toiles qu'entre les mains de restaurateurs agréés qui n'allègent pas un centimètre carré d'un vernis sans en référer au conservateur dirigeant l'atelier de restauration des Musées nationaux? Ce n'était pas ce pauvre Blancart, restaurateur attitré du tableau — on aurait pu dire coiffeur personnel de la Dame — qui aurait pu le retoucher... Il lui fallut deux secondes de plus pour détecter ce qui, dans *La Dame à la Toison d'Or*, avait ainsi été modifié. Simon Frisquet eut un choc : le tableau n'était plus dans son cadre d'origine. Au lieu et place du chef-d'œuvre d'ébénisterie sur lequel il s'apprêtait à déchiffrer à la loupe le monogramme tant attendu, on avait substitué une lourde baguette dorée mécaniquement, large de surcroît d'une quinzaine de centimètres, dont le décor se résumait à des feuilles de trèfle en écaille et ivoire cernées d'une nervure de cuivre. Elle avait été certes patinée. La dorure, visiblement, avait été brossée au cirage pour que l'éclat s'estompe et qu'on la prît pour une patine ancienne. Frisquet eût soudainement la certitude qu'on avait cherché à vieillir artificiellement cet encadrement pour ne pas qu'il détonne. Le travail avait été rondement mené, en deux ou trois jours tout au plus. Seul un spécialiste de l'encadrement, ayant étudié, comme lui, avec un tel luxe de détails, le cadre original, pouvait éprouver le malaise que suscitait cette substitution.

Simon Frisquet reprit ses esprits. Il fallait tenter de faire le point. Ses divagations devenaient absurdes, comme si l'épisode de la veille commençait à déteindre sur son bon sens. Si l'on avait remplacé le chef-d'œuvre d'ébénisterie qui servait de cadre à *La Dame à la Toison d'Or* par cette baguette habilement décorée, c'était évidemment parce que le cadre original était d'une fragilité telle qu'un voyage aux États-Unis aurait pu altérer irrémédiablement la véritable dentelle de boiserie constituée par les pourpres et les angelots qui en formaient le décor.

Ce n'était donc qu'une mesure de sécurité normale exigée par le service de restauration ou le laboratoire du Louvre. Il se dit qu'il se mêlait, après tout, de ce qui ne le regardait pas. Un simple conservateur stagiaire des Musées de France n'est pas en charge de la conservation d'un des vingt ou trente chefs-d'œuvre des collections de peinture du Louvre. En revanche, il commençait à regretter d'avoir perdu un après-midi. Il était venu examiner un monogramme sur le cadre original et voici qu'on avait remplacé celui-ci par cette baguette plutôt pompeuse mais qui ne trompait personne — en tout cas, pas lui. Il fallait absolument remettre la main sur l'encadrement d'origine.

Avec un peu de chance, il devait se trouver dans la réserve Sully III, à moins que les manutentionnaires du musée du Louvre, ceux que les conservateurs, dans leur jargon, appellent « les hommes d'équipe », ne l'eûssent placé dans le magasin des cadres, situé dans une immense colonne sèche attenante à la salle des États qui abrite le plus célèbre tableau du monde, *Monna Lisa,* dont le sourire ambigu enchante près de quatre millions de visiteurs par an.

Puis, il se mit à réfléchir : si on avait changé ce cadre, il aurait dû viser lui-même l'autorisation de décadrer comme le lui demandait régulièrement Marie-Catherine Bahut, la jolie conservatrice préposée aux cadres. Les autorisations de décadrer faisaient partie des attributions du conservateur stagiaire du département des peintures depuis que ce poste existait. Or il n'avait, bien entendu, rien signé qui s'apparente à l'ombre d'une autorisation de décadrement de *La Dame à la Toison d'Or.*

Les mystères de la réserve Sully III

ENFERMÉ dans cet énorme coffre-fort à tableaux, Simon Frisquet était bien décidé à trouver la clé de l'énigme, dût-il y passer la nuit.

Il était résolu à remuer la réserve Sully III de fond en comble, tirant les uns après les autres les vingt-deux panneaux coulissants et examinant tous les casiers où les peintures de petites tailles étaient sagement rangées comme des livres. Il passa en revue tous ces tableaux hollandais attribués hier à Rembrandt et aujourd'hui donnés par Jacques Boucart à ses élèves Van Gelder [1] ou Baburen [2], ce qui, d'ailleurs, n'enlève rien à leur beauté. Il fit défiler ces délicieuses scènes de guerre du genre de la peinture française du temps de Louis XV et Louis XVI, ces Pater [3] qu'on différencie si mal des Lancret [4], ces Boucher [5] où l'atelier du maître est plus présent que la

1. Van Gelder (1645-1727), élève de Rembrandt.
2. Van Baburen (1595-1624), peintre hollandais.
3. J. B. Pater (1695-1736), peintre de genre.
4. Nicolas Lancret (1690-1743), peintre de genre.
5. François Boucher (1703-1770), peintre du roi Louis XV.

propre main de ce dernier, bref tout ce que la critique — souvent à tort — qualifie de « petits maîtres », mais qui font la joie des collectionneurs et amateurs éclairés qui ne disposent pas des millions de dollars nécessaires à l'acquisition d'un très grand nom de la peinture.

Au bout d'une demi-heure, il dut se rendre à l'évidence : le cadre d'origine de *La Dame à la Toison d'Or* ne se trouvait pas dans la réserve. Il pestait intérieurement pour ce retard pris dans la recherche nécessaire à la rédaction de son article et surtout pour le ridicule de la situation où il se trouvait, enfermé un samedi soir au Louvre à chercher un encadrement qu'on avait manifestement entreposé en un lieu qu'il ne connaissait pas. Il se demandait ce que Pamela Bambridge pouvait bien faire à cet instant. Peut-être s'apprêtait-elle à aller dîner en ville avec un autre que lui, ou bien à voir un film américain sur les Champs-Élysées (elle lui avait confié qu'elle adorait les « films américains d'action ») ; à moins qu'elle ne se soit rendue au Harris Bar où se retrouvent volontiers les correspondants des médias étrangers à Paris. Il s'aperçut qu'il devenait jaloux. Cela l'amusa et l'irrita en même temps.

Machinalement, selon un réflexe typique de conservateur de musée, il s'était approché du chevalet sur lequel était posé le panneau de Dürer et l'avait pris à deux mains pour l'examiner de biais, grâce à l'éclairage latéral qui permet de mieux distinguer les craquelures affectant la couche picturale et l'état des bois qui en forment le support. Lorsqu'il prit le cadre pastiche entre ses doigts, il éprouva sur-le-champ une sensation bizarre. Il retourna le panneau. Celui-ci s'enfonçait à l'intérieur des bordures comme le fond d'un coffret sans couvercle. Cette configuration bizarre était due à l'épaisseur des bordures de l'encadrement, aussi hautes que larges. Simon Frisquet n'avait jamais vu un modèle de cadre aussi épais. D'habitude, les baguettes ont deux, trois, à la rigueur quatre centimètres d'épaisseur. Là, elles en avaient bien le double, voire le triple. Qui plus est, l'ensemble pesait assez lourd, alors même que le panneau de bois, dans un état de conservation étonnant, n'était même pas renforcé — comme la plupart des tableaux anciens peints sur bois — par un parquetage et, en conséquence, ne devait pas peser plus de cinq ou six cents grammes. Il plaça le tableau, retourné, sur une table de travail au-dessus de laquelle se trouvait un puissant halogène. L'arrière de la baguette avait été cloué avec de minuscules pointes qu'on s'était efforcé de masquer avec des goutelettes de cire qui se mirent à briller puis à fondre sous l'effet de la chaleur de la lampe. Délicatement, avec des gestes de chirurgien, Simon Frisquet racla la cire chaude avec le bord du mètre ruban dont — en bon conservateur au département des peintures — il ne se séparait jamais. Le fond de la baguette, en contreplaqué, avait été entièrement cloué, comme pour masquer une cache. A l'aide d'une spatule qui traînait sur la table, il entreprit de décoller délicatement la fine planche servant de fond au cadre. Le bois, d'abord, résista. L'ensemble avait dû être encollé. Puis, d'un seul coup, tout lâcha, et ce qui était un couvercle se souleva.

Simon Frisquet pensait en avoir vu d'autres. Lui

qui détestait montrer de l'étonnement n'admirait rien tant chez les gens que le self-control. Au tennis, dominé en deux sets, il était capable de remonter l'adversaire et de lui infliger une sévère défaite. Lorsqu'il avait été brillamment reçu au concours de conservateur de musée, il avait fortement impressionné ses camarades par le détachement apparent qui était le sien avant l'épreuve redoutée de la version latine. La désinvolture qu'il affichait n'avait d'autre but que de saper le moral de candidats *a priori* mieux placés que lui tant sur le plan de l'âge que sur celui de l'expérience. De même, lorsque la police l'avait interrogé pour lui demander son emploi du temps le jour du meurtre de Jean Blancart, il avait manifesté une assurance et une froideur qui avaient impressionné les enquêteurs. Et pourtant, ce qu'il découvrit lorsque la planchette céda, sur tout le fond de l'encadrement, provoqua en lui une décharge aussi forte que s'il avait pris du courant à trois ou quatre cents volts.

La planchette servait de couvercle à une boîte qui occupait l'intérieur du cadre, sur toute sa longueur et toute sa largeur. La cache était vide. Mais le doute n'était pas permis : *La Dame à la Toison d'Or* devait tout simplement servir de valise pour dissimuler un contenu peu avouable dont personne n'aurait soupçonné l'existence. Le véhicule était celui d'une filière d'exportation clandestine diaboliquement efficace. Simon Frisquet pensa immédiatement à une affaire d'espionnage. De fait, cette cache dans le cadre creux se prêtait à merveille à la planque de microfilms, de bijoux volés ou de documents miniaturisés.

Il imaginait déjà l'importance de ces objets : ils devaient être d'une valeur inestimable pour qu'on ait décidé de les confier aux bons soins d'un tableau tout aussi inestimable. *La Dame à la Toison d'Or,* porteuse des plans de nos sous-marins nucléaires lanceurs d'engins ou encore des schémas de fonctionnement de nos dernières centrales nucléaires ou des circuits du moteur à propulsion du lanceur Ariane de la nouvelle génération... Il y avait là matière à un fabuleux roman d'espionnage.

Simon Frisquet se laissa un instant gagner par une douce rêverie. Il se serait vu volontiers dans le rôle de James Bond, Pamela tenant celui d'une affriolante Mata Hari émergeant de l'eau dans une tenue laissant apparaître ses formes sculpturales. Il sourit en imaginant ce spectacle et en comparant cette vision de mer des Caraïbes bordée de cocotiers à la lumière froide et grésillante des néons qui éclairaient la réserve Sully III.

C'est alors qu'il entendit, venant du couloir donnant sur le palier d'entrée, un bruit de pas qui résonnait, amplifié par les hauts plafonds et les voûtes sous lesquelles leur auteur, sans se presser, déambulait. Les pas produisaient un tic-tac d'horloge. L'inconnu avançait tranquillement. Frisquet aurait pu se signaler à lui et décliner son nom suivi du rituel « je suis de la maison » qui, au Louvre, tient lieu de véritable sésame et permet d'aller sans badge où le public ne va pas. Une force instinctive le poussa au contraire à éteindre très vite la lumière dans la réserve et à en refermer à double tour la porte de l'intérieur. L'oreille collée à la porte, il entendit les pas approcher. L'inconnu ne se doutait pas de sa présence. Il ne s'approcha même pas de la porte de la réserve. Celle-ci ne comportait pas de serrure à l'ancienne permettant d'épier ce qui se trouvait derrière. Les pas s'éloignèrent comme ils étaient arrivés, selon le même rythme lent.

Éclairé par sa minuscule torchère, Simon Frisquet entreprit de remettre en place la planchette qu'il avait déclouée. Il posa le tableau visage contre la table de travail et entreprit, à l'aide d'un presse-papier de bronze qu'il attrapa sur une étagère, de clouer une à une les fines pointes dans leurs trous d'origine. Il reposa le tableau sur le chevalet, le temps d'une pensée nostalgique pour l'encadrement original disparu et, le cœur battant, entreprit de regagner le département des peintures pour téléphoner à Lamotte, ou, s'il était absent, au commissariat de police du premier arrondissement pour faire part de sa découverte. Revenu à la porte de l'ascenseur pour atteindre les salles égyptiennes, il trouva celle-ci fermée par une grille de sécurité. Le gardien de nuit avait fait son travail : le règlement intérieur du Louvre, ce document que Pantalacci appelait pompeusement « la bible » devant ses troupes lorsqu'il réunissait les recrues nouvelles de l'année, stipulait en effet que les issues devaient être impérativement closes à partir de la fermeture. Les rondes nocturnes des gardiens des équipes de nuit étaient ainsi ponctuées par les ouvertures et les fermetures de milliers de portes, de grilles et de trappes qui jalonnent la traversée du Louvre. Simon Frisquet se dit que les pas qu'il avait entendus devaient être ceux d'un gardien de ronde. Cette explication simple le calma. Son cœur reprit un battement plus normal. Il essuya la sueur qui ruisselait sur son cou.

Faute de passe adéquat, Frisquet dut se résoudre à faire le tour complet des salles qui donnent sur la cour Carrée, pour se rendre vers la travée Nord du bâtiment, au-dessus de la rue de Rivoli, en face de l'Oratoire du Louvre, ce ravissant petit temple protestant dont la discrétion n'a d'égale que l'élégante et majestueuse simplicité. De là, accessible cette fois sans passe — allez savoir pourquoi ? — un autre monte-charge, destiné à contenir des œuvres de taille importante, et notamment les grands meubles du département des objets d'art, permettait d'accéder à l'autre extrémité de la galerie du mobilier du XVIIe et du XVIIIe siècle, au cœur du département des objets d'art du musée. Il traversa les salles de haute époque, dont les murs portent les tapisseries « mille fleurs » les plus belles du monde avec celles du musée Victoria and Albert de Londres, puis entra dans la salle de l'argenterie du XVIIe siècle, où il eut une pensée pour le service de table forgé par le bijoutier Louis Nicolle, extraordinaire ouvrage d'argenterie sur lequel il avait eu l'occasion de plancher lorsqu'il avait passé, à la Sorbonne, sa maîtrise d'histoire de l'art devant un aréopage d'universitaires et de chartistes.

Après la chambre du maréchal d'Effiat dont le lit à colonnes permettrait à six personnes au moins de tenir à l'aise, et dans les deux sens, il ne résista pas au plaisir d'éclairer à la torchère les dorures et les bronzes incrustés des chefs-d'œuvre d'André-Charles

Boulle[6], l'ébéniste favori de Louis XIV dont les meubles sont de véritables sculptures, à commencer par le somptueux bureau à tiroirs ayant appartenu à Max-Emmanuel, électeur de Bavière et allié du Roi-Soleil. Il s'apprêtait à emprunter la « galerie des tabatières » où est exposée la collection de ces objets la plus importante et la plus riche du monde, faite de boîtes, de bonbonnières, de montres et de piluliers, tous en or finement ciselé et décoré d'émaux rares, parfois même de diamants et d'émeraudes, lorsqu'il ressentit une lancinante douleur à la tête. Il s'écroula et sentit peu à peu qu'il perdait conscience. Il eut juste le temps d'apercevoir le bas de la vitrine où étaient présentées les montres de luxe montées avec des breloquets prénommées « châtelaines », avant de sombrer dans la nuit. Simon Frisquet, tel un paquet, venait de glisser lourdement sur le sol au milieu d'une des plus belles salles du département des objets d'art du musée du Louvre.

Le jeune conservateur était d'une excellente conformation physique et ne fut pas long à revenir à lui. Lentement, il passa sa main sur son crâne et vérifia qu'il n'y avait pas de trace de sang. Son dos, en revanche, le faisait souffrir. Dans sa chute, il avait dû heurter l'un des pieds de la vitrine aux « châtelaines » au niveau des reins. Ses jambes remuaient. Après s'être assuré qu'il n'avait rien de cassé, il décida de se relever.

C'est alors qu'une main le saisit et le souleva. Frisquet ne prêta que peu d'attention au visage de

6. André-Charles Boulle (1642-1732).

l'homme qui se trouvait à côté de lui. Il avait la tête qui tournait et il voyait flou. Il pensa à bander ses muscles pour mobiliser le peu de forces qui lui restait à sauter sur l'inconnu quand il reconnut Pantalacci qui était venu à son secours et lui tendait la main du bon samaritain.

— Monsieur Frisquet ! Ça par exemple ! Que faites-vous ici ? Vous êtes tombé ? Et pardi, dans le noir, on ne voit rien...

L'accent corse était à couper au couteau.

— Dites plutôt qu'on m'a assommé, répondit Simon Frisquet d'une voix légèrement embrumée, tout en se massant le cou et en tâtant la bosse énorme qu'il sentait naître sous ses doigts derrière le crâne.

Le jeune conservateur était assis par terre, jambes écartées, comme un Pierrot de Watteau, et somme toute plutôt satisfait de s'être épargné une lutte contre son mystérieux agresseur.

— *Porca miseria.* Mais, je n'ai vu personne. J'arrive de là. Il désignait l'entrée de la salle dite de « Marie-Leczinska » parce qu'on y expose le nécessaire offert à sa mère à l'occasion de la naissance du Dauphin en 1721, un superbe ensemble d'argenterie rocaille.

Il saisit le conservateur sous les aisselles, et après l'avoir assis sur une chaise courut chercher l'interrupteur. Avec un claquement sec, la lumière rendit au lieu sa sérénité coutumière.

A présent, Frisquet et le chef de la sécurité du Louvre se faisaient face, au milieu des boîtes et des « châtelaines » qui, sous l'éclairage retrouvé, brillaient de mille feux. Devant lui, la galerie des tabatières scintillait comme les ferrets de la Reine si bien décrits par Alexandre Dumas.

— Monsieur le conservateur, puis-je me permettre de vous demander ce que vous faites à cette heure-ci dans le Louvre ?

Frisquet trouvait le ton de « Panta » toujours aussi faux et mielleux. De toute façon, il réservait ses révélations à Lamotte ou à Montagne. L'affaire de la cache découverte dans le cadre était beaucoup trop grave pour être divulguée à qui que ce soit d'autre qu'à ses supérieurs hiérarchiques directs. Et au fond de lui-même, une force intime le poussait à se méfier du responsable de la sécurité.

— Rien de bien important. Je me suis laissé prendre par le temps. J'étudie les incrustations des meubles de Boulle en vue d'une publication pour l'Assemblée générale annuelle de la Société des Amis du Louvre.

— Voulez-vous que nous prévenions le commissariat du 1er arrondissement. Il suffit de composer le 05 sur le téléphone intérieur...

— Si cela ne vous ennuie pas, je préfère attendre lundi. Je ne suis pas blessé. J'ai dû glisser sans m'en rendre compte contre le bord de cette vitrine. En revanche, j'ai moi-même une question à vous poser.

— Tiens, quelle heure est-il donc ?, interrogea Simon, en jetant en même temps un regard sur sa montre.

Celle-ci indiquait plus de 19 heures. Il était resté inconscient près d'une vingtaine de minutes.

— Vous aviez un problème, quelque chose de particulier à faire ? reprit l'autre.

— Faites. Faites, répondit le Corse en allumant une cigarette gauloise papier maïs.

Simon Frisquet remarqua en même temps l'index curieux aux extrémités racornies, signe des grands fumeurs dont « Panta » faisait partie.

— Le concierge du Louvre élève-t-il des poules ou un coq ?

Au regard que lui lança « Panta », Frisquet comprit que le Corse le prenait pour un fou. Il convenait d'opérer un repli tactique s'il voulait échapper à un internement à Sainte-Anne dans le quart d'heure qui suivait.

— Je plaisantais, bien entendu. Et ce brave Clodelle n'élève même pas des cochons d'Inde. A lundi monsieur Pantalacci.

— Au plaisir, monsieur le conservateur. Si je puis me permettre un conseil, munissez-vous d'une lampe, lorsque vous circulez la nuit dans le Louvre. Depuis le crime de la salle Daru, il vaut mieux faire attention. On ne sait jamais.

Il vit l'ombre portée de la silhouette du Corse s'éloigner vers la galerie des tabatières et éprouva un sentiment bizarre. Sans trop savoir pourquoi, il décida de le suivre, à distance.

Comme il en avait la charge, Pantalacci faisait bien la tournée de toutes les salles du Louvre. Simon Frisquet eut donc droit à un condensé de l'histoire de l'humanité, du *Scribe accroupi* à la *Pietà d'Avignon* en passant par le *Trésor de Boscoreale*. Une demi-heure plus tard, le Corse avait achevé sa tournée. Frisquet commençait à ressentir la fatigue dans ses jambes. Ils se retrouvèrent dans la cour Lefuel.

Pantalacci se dirigeait vers les douches des agents féminins. Le jeune conservateur observa alors un curieux manège. « Panta » était monté sur un escabeau et avait plongé le bras à travers le vasistas qui s'ouvrait en haut du mur de la dernière cabine des douches. Quelques secondes plus tard, le Corse était descendu de l'escabeau et regagnait la sortie. Frisquet n'eut que le temps de se cacher dans une des encoignures du couloir des vestiaires lorsque le chef de la sécurité passa devant lui sans le remarquer, un curieux sourire sur les lèvres, avant de s'enfermer à double tour dans son petit bureau situé au fond du couloir. Sur la porte de celui-ci une large plaque de bronze doré portait l'inscription « Monsieur le directeur de la sécurité du musée ».

Frisquet se trouvait, en fait, à l'endroit du Louvre où le personnel de gardiennage tient ses quartiers lorsqu'il ne se trouve pas dans les salles. Outre les douches et les vestiaires, les gardiens disposent également d'une salle de repos où l'on tape le carton en regardant une télévision d'un modèle antédiluvien qui ne diffuse que la première chaîne en noir et blanc. Cette salle de repos était un territoire où aucun conservateur n'avait jamais osé s'aventurer. C'était le pré-carré du personnel de surveillance, l'endroit où ils se retrouvent entre eux ; un lieu où les lois qui s'appliquent relèvent des us et coutumes en vigueur dans le corps des gardiens des musées depuis que la convention de 1791 a créé le premier Louvre.

Simon Frisquet ne fut donc pas étonné, en passant devant la porte de la salle de repos, d'entendre un brouhaha indescriptible. A 19 h 30 les derniers gardiens finissaient de se changer avant de rentrer chez eux. Le bruit, néanmoins, était bizarre. S'agissait-il de clameurs ? Ou plutôt de chants incompréhensibles ? Un roulement de tam-tam ne fit qu'accroître sa perplexité. Cela ne collait pas avec la belote ou le rami auxquels s'adonnait volontiers le personnel de surveillance après son travail.

Lorsque, poussé par une irrésistible curiosité, Frisquet se décida à regarder par la serrure, il tomba des nues. Ce qu'il voyait et, à présent, ce qu'il entendait, dans la salle de repos des gardiens du plus grand musée du monde, un samedi soir, en plein Paris était proprement ahurissant. Médusé, il resta là un bon quart d'heure avant de regagner le département des peintures la tête tourbillonnante de ce spectacle insensé. D'abord un cadavre escamoté, puis le trucage du cadre et enfin ça ! Simon Frisquet se demanda s'il n'était pas en train de sombrer lentement dans la démence.

Pourtant la mort du malheureux Blancart était bien réelle, tout autant que la bosse qu'il portait sur le crâne et qui réveillait épisodiquement une violente migraine.

Il était de plus en plus troublé, pour ne pas dire dérouté lorsqu'il traversa les salles Canova du rez-de-chaussée du pavillon de Flore dont les sculptures ressemblent à de gigantesques biscuits de Sèvres. Là, il croisa la deuxième ronde des gardiens auxquels il adressa le classique « je suis de la maison ».

Arrivé à la conservation du département des peintures, il remit les clés de la réserve Sully III dans l'armoire en fer et sortit par la porte des Lions. Il avait l'esprit ailleurs.

Dehors, sous le ciel étoilé, sa première pensée fut pour Pamela Bambridge. Il ferait son possible pour lui téléphoner et dîner avec elle ce soir. Il était huit heures passées. Avec un peu de chance, elle serait encore chez elle. Il éprouvait à son tour le besoin d'être réconforté par la jeune femme.

Il sentit que son pied avait heurté un objet. Sans s'en rendre compte, il s'était aventuré sur les pelouses théoriquement interdites à la marche du jardin du Carrousel. L'objet était un ballon d'enfant. Frisquet adorait les enfants. Il regardait souvent avec attendrissement la petite Marie Clodelle jouer au cerceau, avec ses petites amies, parmi les gravats du chantier du jardin des Tuileries. Petite Alice au Pays des Merveilles, la fillette faisait dînette au milieu des engins d'acier hauts comme des hôtels particuliers qui défonçaient les pelouses pour construire la future galerie marchande censée rejoindre, depuis les parkings, l'entrée souterraine du Louvre sous la Pyramide.

Il shoota. Le ballon monta, comme une fusée. Alors, il eut l'impression que le ballon poursuivait sa course vers le ciel pour devenir un minuscule point noir qui se perdit dans le manteau bleu de la nuit.

Les plumes de coq

MARIE-CATHERINE Bahut venait de louper une préemption à Drouot. Le tableau italien, probablement de la main de Pomarancio [1], dans un état déplorable, mais d'un intérêt évident pour compléter les accrochages des salles d'étude du département des peintures, était trop cher. Dommage...

Elle était allée examiner le tableau lors de son exposition du samedi puisque la vente avait lieu le lundi. Pierre Montagne lui avait alloué un crédit de 80 000 francs, notoirement insuffisant vu le prix atteint de 135 000 francs. Marie-Catherine, conservateur de musée de troisième classe, gagnait à peine 13 000 francs par mois. Il lui aurait fallu travailler presque un an pour s'acheter le probable Pomarancio, six mois si elle avait été conservateur de première classe et quatre mois et demi si elle avait atteint le grade de conservateur en chef en fin de carrière (23 000 f/mois). Mais Marie-Catherine ne se livrait pas à de tels calculs, somme toute assez sordides. Elle

1. Pomarancio (1516-1596), disciple de Raphaël.

était simplement malheureuse de voir ainsi lui échapper une œuvre qu'elle aurait volontiers publiée dans la *Revue de l'Art* ou la *Revue du Louvre,* et qui lui aurait procuré une intense satisfaction chaque fois qu'elle serait passée dans la salle où elle aurait été accrochée. La salle des ventes, il est vrai, était bourrée de marchands et tout avait — comme on dit à l'hôtel Drouot — « fait très cher ». Marie-Catherine n'avait donc pas pu se lever, une fois le marteau d'ivoire retombé, et prononcer la phase fatidique qui suscite, en général, un murmure désapprobateur de la part de l'assistance : « préemption des Musées nationaux ». Marie-Catherine était déçue et cela se voyait lorsqu'elle entra dans le bureau de Pierre Montagne pour lui rendre compte de ce qui s'était passé.

A peine introduite dans la pièce, elle recula.

Sur des chaises disposées en arc de cercle autour du bureau du conservateur en chef, se trouvait réuni au grand complet tout l'état-major des Musées de France. Il y avait là Olivier Bertillon, le directeur général, Lamotte, patron du Louvre, Irène Chazot, directrice administrative de la Réunion des Musées nationaux ainsi que Paul Must, inspecteur général et directeur des activités pédagogiques des Musées nationaux. A cette imposante compagnie, s'ajoutait la présence d'un inconnu dont la cravate bariolée et l'imperméable mastic faisaient penser qu'il appartenait à la « grande maison ».

— Commissaire divisionnaire Dutour, de la préfecture de police, lui lança l'homme à la cravate bariolée en échangeant une poignée de main qui écrasa les phalanges de la jeune femme.

Au milieu de la table de verre, vierge pour une fois de toute paperasse, Marie-Catherine aperçut, délicatement posées sur une feuille de papier de soie, cinq plumes de coq vertes aux reflets cuivrés.

— Si je comprends bien, monsieur le commissaire, notre souhait de faire diligenter une enquête pour élucider les causes de la découverte de ces plumes par M. Lamotte vous paraît peu réaliste. Bertillon, comme à l'accoutumée, procédait volontiers par litote.

— Absolument. Surtout après le crime de la salle Daru, sur lequel nous concentrons tous nos efforts. D'ailleurs ces plumes ne font de mal à personne, répondit le commissaire Dutour en se levant pour prendre congé.

Il trouvait qu'on lui avait fait perdre son temps et n'avait toujours pas compris pourquoi le préfet de police Verbangge lui avait demandé le matin même de se rendre toutes affaires cessantes au Louvre « pour une autre affaire étrange de la plus haute importance ». Si sa hiérarchie venait à mettre sur le même plan un assassinat bestial et la présence insolite de quelques plumes sur le sol, le métier était foutu, pensa-t-il avec amertume.

En sortant du bureau de Pierre Montagne, le regard du commissaire Dutour fut attiré par un tableau accroché à l'extrémité du couloir. Le commissaire Dutour maniait avec plus de dextérité le code de procédure pénale et, le cas échéant, la gâchette de son 327 magnum que la chronologie picturale de l'Occident. Il reconnut néanmoins que le seul tableau qu'il pouvait citer était la *Joconde*. Oui, les conservateurs avaient osé accrocher la *Joconde* dans leurs bureaux en la soustrayant au regard de ses innombrables fans qui visitaient le Louvre exprès pour aller la voir ! Dutour n'en revenait pas. Les conservateurs du Louvre lui apparaissaient déjà comme des êtres fantasques, appartenant à un monde à part ; il découvrait cette fois leur égoïsme. Entre le crime de la salle Daru, les ridicules plumes de coq et *Monna Lisa* sortie des salles, le policier considérait avoir eu une expérience édifiante de ce qui se passait dans le ventre du plus grand musée du monde.

— Au Louvre, il se passe de drôles de choses, se disait-il en regagnant sa voiture.

Ce que le commissaire Dutour ignorait, c'est que la *Joconde* exposée à la conservation des peintures était l'une des six copies anciennes possédées par le Louvre. Certaines sont des copies très difficiles à reconnaître de l'original. Mais on ne peut pas demander à un super flic, de savoir reconnaître, en peinture, le vrai du faux.

— Je souhaiterais que nous profitions de cette réunion pour faire un point sur notre affaire de prêt du Dürer à Washington, annonça Bertillon dès que Dutour fut sorti de la pièce.

— Ça va être dur. Très dur, lança Lamotte en regardant Montagne qui acquiesça d'un air songeur.

— L'affaire se tient désormais au niveau du ministre. Plus de son cabinet, ajouta-t-il, Lang s'en fiche. Il est plus préoccupé par le meurtre de la salle Daru. Mettez-vous à sa place. Et ne comptons pas sur ses conseillers pour lui faire entendre raison. Quant à sa femme...

— Il n'y a qu'une chose à faire, s'écria soudain Montagne rompant un silence pesant, nous pourrions présenter le tableau à Lang avec le dossier du laboratoire dans son bureau ; il constaterait lui-même la fragilité du support, et celle de l'encadrement.

Marie-Catherine Bahut renchérit sur l'extrême délicatesse du travail d'ébénisterie du cadre qui, à son avis, rendait tout transport de l'œuvre absolument rédhibitoire.

— Appelez-moi Frisquet, s'il vous plaît, Marie-Catherine, demanda Pierre Montagne à la jeune conservatrice à la chevelure raphaélite, j'aimerais que vous organisiez tous les deux cette opération. Vous vous mettrez en relation avec Monique Lang au secrétariat particulier du cabinet pour mettre tout cela en musique. Un quart d'heure au plus suffira à la démonstration.

— S'il le faut, j'appellerai moi-même le ministre, au cas où vous auriez du mal à lui faire dégager un créneau dans son emploi du temps, ajouta Michel Lamotte.

Dix minutes plus tard, Marie-Catherine Bahut faisait à nouveau irruption dans le bureau du conservateur en chef du département des peintures du Louvre. Elle avait l'air sérieusement ennuyée.

— Simon Frisquet est introuvable. Personne ne l'a vu depuis le matin. Il avait rendez-vous à la réunion de service avec Jacques Boucart à neuf heures trente. Depuis, nous le cherchons en vain. Chez lui, le répondeur est branché.

Après un instant de silence, elle ajouta d'une voix tremblante :

— J'ai appelé son concierge. Elle ne l'a pas vu depuis samedi soir.

— S'il n'a pas reparu demain matin, il faudra prévenir ses parents, dit Irène Chazot.

— Si vous permettez, je crois qu'il faudra aussi prévenir la police. Michel Lamotte avait plus de raisons que les autres de s'inquiéter de la disparition de Frisquet, surtout depuis qu'il était tombé nez à nez avec le garçon et Pamela Bambridge le vendredi soir précédent, quelques minutes après avoir découvert les plumes de coq aux pieds de la *Victoire de Samothrace.*

Lorsque Lamotte, pétri d'inquiétude, regagna son bureau, il était six heures du soir et sa secrétaire était partie. Il aimait bien rester seul jusqu'à huit heures pour traiter dans le calme les dossiers importants. Ses correspondants n'en revenaient pas de l'avoir alors directement au téléphone, sans filtrage, comme un simple conservateur de base. Il y avait une fiche sur son bureau, déposée par la personne qui l'avait écrite, d'une écriture maladroite et légèrement tremblante. L'auteur de la note sollicitait une entrevue de toute urgence avec Michel Lamotte. D'autres que lui auraient jeté la fiche à la poubelle tant la demande de rendez-vous était, à première vue, incongrue. Mais, elle émanait de Sidonie Élysées.

Au Louvre, Sidonie Élysées jouissait d'un statut si particulier qu'il fallait avoir une connaissance historique intime du musée, comme Lamotte pouvait la posséder, pour reconnaître l'importance que revêtait cette demande de rendez-vous.

Née à la Guadeloupe en 1927, entrée au Louvre à vingt ans avec le certificat d'études pour tout bagage, Sidonie Élysées, surnommée la « mère » des gardiens d'origine martiniquaise ou guadeloupéenne, était en fait la plus ancienne dans le grade le plus élevé de cette catégorie de personnel de surveillance puisqu'elle avait atteint celui de brigadier-chef. En 1964, Malraux l'avait décorée des arts et lettres. Sidonie était très vite devenue l'interlocuteur essentiel de la direction du personnel lorsqu'il se posait un problème relatif aux gardiens originaires d'outre-mer. Elle était un peu leur tutrice, et les mauvaises langues prétendaient qu'elle régnait sur ses ouailles d'une main de fer. En tout cas, aucun directeur des Musées de France n'aurait osé s'opposer à elle. Au demeurant, elle leur était fort utile dans la gestion délicate du rapport de forces permanent et sournois qui oppose les gardiens corses aux gardiens d'outre-mer.

Si la « mère » demandait en des termes aussi pressants de voir sur-le-champ le directeur du Louvre, c'est qu'il devait y avoir un problème urgent et grave. Sidonie n'était pas du genre à déranger Lamotte pour rien. La dernière fois qu'elle avait demandé à le voir toutes affaires cessantes un dimanche matin au cimetière du Père-Lachaise, c'était pour lui donner le nom de deux « moutons noirs » du corps de surveillance qu'elle avait surpris la main dans le sac, à voler une statuette de Tanagra parmi les milliers que compte la réserve du département des antiquités grecques et romaines. Lamotte les avait licenciés. Personne n'avait entendu parler de cette affaire à l'exception de Sidonie et de lui-même. Il valait mieux ne pas ébruiter ce type d'incident qui aurait pu donner des idées à d'autres et faire planer sur le personnel de gardiennage la suspicion permanente.

Cette fois-ci, la « mère » lui donnait rendez-vous au café du Palais-Royal à 20 h 30. Il regarda sa montre. Il restait un quart d'heure.

Lorsqu'il entra dans le bar du Palais-Royal, à l'angle de la place, sous la colonnade, au rez-de-chaussée du Conseil d'État, Sidonie Élysées était assise au fond de la salle, devant la glace, telle le modèle féminin qui servit de modèle à l'archi-célèbre *L'Absinthe* de Degas. Sidonie était grosse comme une tour. Elle portait une robe de soie rouge sang-de-bœuf, et une voilette sur des cheveux permanentés, bouclés et décrépus. Lorsqu'elle vit Lamotte, son visage s'éclaira d'un sourire extraordinairement gai.

— M'sieur d'iecteur va' bie' ?

— Sidonie. Comme j'ai plaisir à vous voir. Cela nous arrive peu souvent. Comment allez-vous ?

— Y a kék chose de g'ave, t'ès g'ave qui s' passe, m'sieur d'iecteur.

— Racontez-moi tout Sidonie. Je suis venu exprès pour ça.

Lamotte commanda un jus de tomate et Sidonie un « Pé'ié c'est fou ».

— Le Louv', m'sieur d'iecteur, le Louv' c'est plus c' que c'était. Y a kom un' malédiction, m'sieur d'iecteur. Un' malédiction. Le m'ent. Cé k'iminel.

— Mais Sidonie, au nom du Ciel, de quoi s'agit-il. Vous m'en dites trop ou pas assez.

La vieille femme avait perdu son sourire et de grosses larmes roulaient sur ses joues. Elle se mit à sangloter bruyamment. Les consommateurs faisaient silence et la regardaient d'un air gêné.

Lamotte appela le garçon, régla l'addition et emmena Sidonie Élysées marcher sous la colonnade du Palais-Royal.

— C'est « Panta », m'sieu d'iecteur. La malédiction c'est « Panta ».

— Pantalacci ? Qu'est-ce que vous voulez dire ? De quoi s'agit-il ?

Sidonie Élysées marchait d'un pas lent, d'une allure de sénateur, haute silhouette enroulée de rouge. Elle dépassait Lamotte de vingt bons centimètres. Elle ne disait plus rien, comme tétanisée par la phrase qu'elle avait prononcée.

Cette confidence, cela faisait une dizaine de jours qu'elle voulait la faire au directeur du Louvre. Elle n'aurait jamais osé en parler aux précédents directeurs : ni à Pierre Quoniam, un historien de l'urbanisme romain au caractère tout aussi urbain que sa spécialité, ni à son prédécesseur André Parrot, ni à Delignand-Lavat, l'énarque au profil de gestionnaire qui avait précédé Lamotte dans cette fonction.

Il lui fallait quelqu'un en qui elle put mettre toute sa confiance pour aller à délivrer un tel secret. Lamotte était cet homme-là. Elle l'admirait intensément. Elle aimait la façon qu'il avait de parler aux gardiens, à la fois avec fermeté et gentillesse. Lorsqu'il y avait eu la grande grève du Louvre en 1970,

Lamotte, alors conservateur en chef du département des peintures, avait été le seul à trouver les mots qu'il fallait. Elle avait réuni ses troupes, tard le soir dans la cantine crasseuse du personnel. Elle les avait harangués en créole et ils avaient voté la reprise du travail à l'unanimité.

Lamotte lui avait envoyé un catalogue raisonné des tableaux italiens des musées de province, dédicadé. Sidonie Élysées avait été tellement flattée que la page de garde du catalogue avec la dédicace « à Madame Sidonie Élysées, qui œuvre aussi pour le prestige et le rayonnement de nos musées » trônait toujours sous une baguette dorée, dans la minuscule salle à manger du deux-pièces que Sidonie habitait à Rosny-sous-Bois.

Qu'avait pu faire Pantalacci — Sidonie prononçait « Pantalaxi » — pour motiver pareille démarche ? Les seules syllabes de son nom avaient, en tout cas, sur Sidonie Élysées l'effet d'une drogue excitante : ses yeux roulaient, sa bouche prenait un rictus de rage, sa peau d'habitude si lisse se couvrait de minuscules grains comme si elle avait eu la chair de poule suite à une commotion ou à un coup de froid.

— Y faut que « Pantalaxi » y part', m'sieur d'iecteur. Et qu'y part' loé, t'ès loé. Qu'y part'.

Sidonie répétait ses mots avec la vigueur lancinante d'une prière en marchant à côté de Michel Lamotte sous la colonnade du Palais-Royal.

— C'é à caus' d' Mathild', m'sieur d'iecteur, ajouta-t-elle dans un ultime effort avant d'éclater de nouveau en sanglots.

— Mathilde ? Mais quelle Mathilde, Sidonie ? demanda Lamotte, en vain.

La « mère » était incapable d'articuler un seul mot. Il la laissa étouffer son chagrin.

La veille au soir, elle avait encore passé trois heures à piquer et à repiquer avec de longues aiguilles à tricoter la poupée de chiffons à l'effigie du Corse. Cela faisait presque un an qu'elle faisait subir à l'image de Pantalacci le châtiment qu'elle voulait lui destiner.

Mais elle ne voulait pas que Lamotte découvrît les pratiques barbares auxquelles elle s'adonnait : elle le croyait à la fois comme trop civilisé, trop courtois, en un mot, trop pur, pour comprendre tout cela. Elle se borna donc à raconter au directeur du Louvre que « Pantalaxi » humiliait les gars de couleur. Il les tutoyait d'emblée alors qu'il vouvoyait les autres. Il leur confiait les tâches les plus infamantes : le nettoyage des WC (autant dire, au Louvre, des écuries d'Augias) et le grattage des chewing-gum sur le parquet. Sidonie Élysées se serait contentée de maudire le Corse s'il ne s'était pas attaqué, trois mois auparavant, à la petite Mathilde Victor. Cette jeune gazelle café au lait était dotée d'un corps sublime. Tous les gardiens mâles étaient entichés de cette jeune femme fraîchement débarquée de sa Guadeloupe natale au début de l'année, et dont le charme était aussi indéniable que naturel.

— Mathild' Victo', m'sieur d'iecteur. « Pantalaxi », y la p'esécut'.

De grosses larmes coulaient sur le visage de la « mère » tandis qu'elle poursuivait son récit.

Chacun, au Louvre, ignorait ce que Michel Lamotte venait d'apprendre de la bouche de Sidonie : un lien de parenté unissait Mathilde à la « mère ». Mathilde était la fille aînée de Séverine, la sœur cadette de Sidonie. Sidonie Élysées avait persuadé sa sœur d'encourager la jeune fille à suivre le même chemin que sa tante : un salaire du double de ce qu'on pouvait toucher au pays, un uniforme et un titre qui, ma foi, au pied de la soufrière, en impressionnaient encore plus d'un. En prime, à quoi s'ajoutaient, tous les deux ans, trois mois de vacances aller et retour en avion dans ces 747 aux couleurs d'Air-France transformés en aimables bétaillères bourrées à craquer de vacanciers en partance pour le Club Méditerranée de la Caravelle et d'agents de la fonction publique : gardiens de musées et de prisons et personnel infirmier pour l'essentiel à qui l'État offre ainsi la compensation d'un retour au soleil des tropiques après la brume et la grisaille de la métropole. Mais Séverine Victor avait encore sept enfants à élever. Veuve, elle comptait beaucoup sur le salaire de sa fille aînée pour l'aider à faire face à une existence des plus rudes entre son travail de femme de chambre à la préfecture et ses enfants qu'il fallait nourrir, habiller et « tenir propres » comme on dit là-bas.

Fière et entière, Sidonie Élysées ne supportait pas l'idée qu'on pût la soupçonner d'avoir fait bénéficier Mathilde d'une quelconque protection pour devenir surveillante stagiaire. Aussi avait-elle décidé de n'en parler à personne. Elle l'avait fait jurer à sa nièce sur un vieil exemplaire de la Bible.

Aucun compatriote guadeloupéen ne se doutait donc que la gracieuse Mathilde était la nièce de la « mère ». D'ailleurs, Mathilde avait trouvé à se loger dans un foyer de jeunes travailleurs de Bry-sur-Marne et, par conséquent, ne voyait sa tante que le mardi, jour de fermeture du musée, et de temps en temps au Louvre, lorsqu'il se trouvait que Sidonie avait à travailler dans un secteur où Mathilde avait une salle à surveiller.

Cela faisait maintenant une vingtaine de jours que la petite s'était plainte auprès de sa tante de l'insistance avec laquelle Pantalacci lui proposait de la raccompagner en voiture chez elle. Il la suivait partout, y compris dans les vestiaires où les gardiens disposent d'une armoire en fer dans laquelle ils peuvent ranger leur tenue civile. A côté des vestiaires, une salle de douche fermée à clef permet au personnel qui le souhaite de faire sa toilette en fin de journée.

C'est là, un vendredi soir très précisément, expliqua Sidonie à Lamotte, qu'elle avait surpris Pantalacci en train de reluquer sa nièce. Monté sur un escabeau, il avait entrouvert le vasistas d'aération dont chaque cabine de douche était pourvue. Comme elle surveillait Pantalacci depuis une semaine sans qu'il s'en rende compte, elle avait réussi à le pister jusque dans ses moindres allées et venues. Ses gardiens lui indiquaient, de surcroît, à tout moment, l'endroit où se tenait le chef de la sécurité. Quand elle avait appris qu'il était allé faire une petite inspection dans les vestiaires féminins, et plus précisément dans les douches réservées aux femmes, son sang n'avait fait qu'un tour. Voilà que ce voyeur allait maintenant essayer de prendre sa nièce pure et sans défense en flagrant délit de savonnage sous la douche et, de surcroît, sur son lieu de travail et, bien entendu, « à son corps défendant » ainsi qu'elle le répétait à Lamotte au bout de trois tours de colonnade des jardins du Palais-Royal.

Tel était le lourd secret qu'elle était venue livrer au directeur du Louvre, la seule personne qui eût sa confiance.

— Quand il m'a vue arriver, m'sieur d'iecteur, il a 'ougi et cafouillé (elle disait cafouillé au lieu de « bafouillé ») et a p'étexté qu'il y avait une fuite d'eau au plafond et qu'il voulait fair' répa'é les dégâts. Vous vous 'endez compte ! Quel menteu' ! Quelle o'du'.

— Mais Sidonie, pourquoi ne lui avez-vous pas dit de cesser d'importuner votre nièce ? Vous savez bien que ce n'est pas la première fois qu'il s'intéresse aux jolies surveillantes. Il faut dire, ajouta-t-il en plaisantant, qu'un Corse au sang un peu chaud au milieu de tant de jeunes femmes...

Il comprit au regard courroucé de Sidonie Élysées qu'il valait mieux ne pas poursuivre ce type d'humour...

— Je vous dis, m'sieur d'iecteur, que personne, vous entendez, personne à part vous ne doit savoir que Mathilde Victor est ma nièce. Je vous le demande pour le bien et la t'anquillité de la p'tit.

— D'accord. Vous avez ma parole.

Puis après un instant de silence, il lui proposa de parler lui-même à Pantalacci pour lui faire comprendre de manière insistante que ses agissements envers la petite Victor devaient cesser, faute de quoi ce serait la procédure disciplinaire.

Lamotte et la « mère » avaient fini par s'asseoir sur un banc du jardin. La grosse femme soufflait comme un volcan. L'émotion ? La fatigue ? Sans doute un peu des deux. Les yeux fermés, les mains posées à plat sur ses cuisses, Sidonie semblait en extase ou en transes. La lune s'était levée. Elle éclairait la colonnade comme un décor de théâtre. Au-dessus, les persiennes à rayures blanches et grises des fenêtres de l'étage noble où habitent quelques privilégiés comme le gouverneur de la Banque de France n'étaient pas sans rappeler les rayures, à quelques pas de là, des colonnes de Buren.

Il était près de neuf heures du soir. Il commençait à faire froid. Lamotte toucha légèrement l'énorme bras de Sidonie Élysées. Elle tressauta et, comme sortie de ses rêves extatiques, ouvrit ses yeux mi-clos. Lamotte, gentiment, lui dit qu'elle allait prendre froid et qu'il était temps de rentrer. Elle se leva d'un bond, bredouilla des excuses et partit très vite, en se confondant en remerciements et en lui précisant que la « Sainte Vierge allait le combler de bienfaits ». Elle s'en alla à petits pas pressés, silhouette massive et rouge à laquelle l'éclairage lunaire de cette soirée donnait des allures de Père Noël.

Michel Lamotte habitait rue Bonaparte. Il n'avait qu'à retraverser la place du Carrousel puis la Seine. Sur le trajet du retour, il se repassait le film du récit qu'il venait d'entendre. Ce n'étaient pas tant les propos de Sidonie Élysées qui l'avaient dérouté ou rendu perplexe ; il en avait vu d'autres en trente-deux ans de musée du Louvre, depuis les chamailleries de couples entre agents de surveillance jusqu'à la dispute homérique entre un mari trompé et sa femme volage qui sétait déroulée en plein salon Carré sous le regard ahuri des touristes ! Il avait fallu séparer les protagonistes qui menaçaient, par leurs jets de chaussures, l'intégrité des tableaux primitifs français exposés à cet endroit.

En réalité, ce qui faisait que Lamotte éprouvait, à ce moment précis, une sensation bizarre, pour ne pas dire un certain malaise, tenait dans l'objet qu'il avait trouvé sur le banc du jardin du Palais-Royal, à l'endroit précis où Sidonie Élysées s'était assise.

Cet objet ne pesait pas plus d'une dizaine de grammes. Long et souple, mordoré, il avait des reflets vert émeraude. C'était une plume de coq. De la même espèce que celles qui avaient poussé comme par enchantement au pied de la *Victoire de Samothrace* il y avait trois jours. Elle avait dû glisser du sac de Sidonie, telles les pierres des poches du Petit Poucet. Où menaient-elles ?

Michel Lamotte éprouva l'impression désagréable que Sidonie Élysées ne lui avait pas tout dit.

La nuit du sarcophage

SIMON Frisquet n'était jamais allé à Honfleur. Aussi avait-il accepté avec enthousiasme la proposition de Pamela. Ils avaient réservé à l'Auberge de la Guerronnière, un ancien moulin à farine du XVIe siècle restauré par la Guilde des hôteliers châtelains, pour la nuit du dimanche au lundi. Le jeune homme avait délibérément choisi de se mettre au vert. Un plan avait germé dans son esprit avec les faits qu'il lui fallait recouper et les investigations qui lui restaient à accomplir pour dénouer d'un coup l'énigme du cadavre ensanglanté, des plumes de coq et du faux cadre de *La Dame à la Toison d'Or*. Il espérait aussi, par la même occasion, élucider le crime de la salle Daru, et en démasquer l'auteur. Cela faisait beaucoup pour un jeune conservateur stagiaire qui n'avait même pas un an d'ancienneté. Mais le caractère insolite de la situation l'excitait. Il avait l'impression de faire l'école buissonnière. Son seul regret était de n'avoir pu réussir encore à joindre à leur domicile ni Lamotte, ni Montagne. Il préférait quand même leur parler avant de s'adresser à la police.

Ce week-end prolongé lui faisait également manquer la réunion hebdomadaire du service de documentation des peintures du lundi matin, ce qui lui vaudrait — inconvénient mineur — d'essuyer les remarques de Boucart, qui détestait l'absence de ses ouailles, mais peu lui importait.

Cette réunion était pourtant importante pour un jeune conservateur. On y passait en revue les toiles en mains privées ou sur le commerce, que les musées souhaitaient acquérir pour les collections nationales. Les tableaux devenaient l'enjeu de tractations infinies : achat pur et simple, donation, dation en paiement de droits de succession, don aux musées moyennant une autorisation d'exporter une autre œuvre d'art : l'État fait ce qu'il peut pour compenser son manque de moyens financiers face à l'explosion des prix des œuvres.

Mais Simon avait l'esprit ailleurs. Ce qu'il avait vu le samedi soir après l'agression dont il avait été victime, par le trou de la serrure de la porte de la salle de repos de la cour Lefuel, constituait l'élément clé de l'enquête qu'il s'était désormais promis de mener à son terme. Il lui restait toutefois à établir le lien entre cet élément capital, la substitution de cadre de *La Dame à la Toison d'Or* et le crime de la salle Daru, le tout sur fond de plumes de coq dispersées. Vivement qu'il puisse échanger ses impressions avec son directeur. Lui, si maniaque dès qu'il s'agissait de *La Dame à la Toison d'Or,* allait être sidéré d'apprendre que son tableau fétiche pût servir à des contrebandiers ou à des espions de haut vol.

Pamela et Simon prirent leur petit déjeuner face à

la mer, dans la salle à manger tendue de toile de Jouy de l'Auberge de la Guerronnière. Les croissants étaient chauds et les jus de fruits bien frais. Ils étaient seuls, à l'exception d'un couple, probablement un notable local, vu sa bedaine et ses rouflaquettes, en compagnie de sa secrétaire. Pamela s'absenta un quart d'heure, laissant Simon, devant son thé citron, contempler la mer houleuse aux vagues crénelées d'écume.

— Il fallait que j'appelle mon rédacteur en chef, dit-elle en souriant lorsqu'elle revint s'asseoir.

Simon en avait profité pour régler la facture au maître d'hôtel. Ce dernier était d'une obséquiosité inversement proportionnelle à la fréquentation de l'auberge. Ils reprirent la route vers dix heures, tranquillement. Pamela n'avait pas d'obligations avant six heures du soir. Quant à Simon, il était à mille lieues de se douter que son absence à la réunion du service de documentation allait à ce point perturber la hiérarchie des Musées de France et du Louvre réunis.

Lorsqu'il rentra chez lui, en fin d'après-midi, son premier geste consista, comme d'habitude, à enclencher la touche « play » du répondeur téléphonique ; ce fut pour tomber sur le message laissé par Marie-Catherine Bahut. Il reconnut avec plaisir la voix fraîche de la jeune femme.

« Ici Marie-Catherine. Cher Simon, dès que tu recevras mon appel, je te prierai de me contacter d'urgence au Louvre. Mardi à neuf heures précises dans la réserve Sully III. J'aurai à propos du tableau de Dürer une information très importante à te communiquer. Salut Simon. »

Puis, c'était un appel de Manuel Grévy, restaurateur, qui l'invitait à dîner. Enfin, venait un deuxième appel de Marie-Catherine qu'elle avait dû lui adresser plus tard dans l'après-midi.

« Simon, à la demande de Pierre Montagne et Michel Lamotte, nous montrerons à Jack Lang le tableau de Dürer dans la salle d'expositions temporaires sous la Pyramide demain à 10 heures. Merci mon Simon d'être là un peu avant pour que nous nous concertions. »

« Mon Simon ! » Voilà qu'elle l'appelait « Mon Simon »... Et Jack Lang qui arrivait à la rescousse. Cette fois, le Louvre reprenait les choses en main. Il eut une pensée fugitive pour la persévérance de ses deux supérieurs hiérarchiques. *La Dame à la Toison d'Or* n'était pas encore partie pour Washington.

En tout cas, tout, désormais, allait très vite, comme si une main anonyme avait accéléré la pendule qui compte les heures. En quelques jours, un meurtre, un corps ensanglanté, des plumes de coq, un cadre trafiqué : cela commençait à faire beaucoup. Frisquet, de plus en plus interloqué, commençait à se demander ce qui avait bien pu se passer au Louvre pendant son escapade buissonnière pour que les esprits soient à ce point agités. Le plus simple était d'aller aux nouvelles le plus vite possible.

Il se rua sur le combiné et composa frénétiquement le numéro de la ligne directe de Marie-Catherine. Il tomba sur une voix d'homme. C'était Boucart. Il raccrocha. Il appela le standard du département des peintures. Le répondeur était branché. « Ici, le département des peintures. Nous sommes... » Il était sept heures et quart. Il reposa le combiné.

Il prit une douche, se rasa, enfila la veste cashmere marron qu'il portait pour se rendre au travail, commanda un taxi et lui demanda d'aller au musée du Louvre « si possible très vite ». Le chauffeur portugais le regarda d'un air à la fois attristé et compatissant. C'était une heure d'affluence.

Il était huit heures et demie du soir lorsqu'il déposa Frisquet rive gauche sur le quai Conti devant l'Institut de France, au niveau de la passerelle du Pont-des-Arts après des détours multiples visant à éviter la énième manifestation des agents des Finances dans les rues de la capitale.

C'est en posant le pied sur des poutres de bois, larges comme des traverses de chemin de fer, qui constituent le plateau de cette passerelle empruntée par les conversateurs en chef du Louvre, membres de l'Institut, qu'il sentit qu'un homme le suivait. Il entendait la respiration rauque d'un individu dont la bouche devait se trouver à moins d'un mètre cinquante derrière sa nuque. Simon Frisquet n'attendit pas une seconde. Il se mit à courir. L'homme courait aussi vite que lui. Il entendait le claquement de ses semelles sur le tablier de la passerelle. Il accéléra et manqua de se prendre le pied dans l'un des interstices d'environ deux centimètres de large qui séparent les planches de bois. Il courait de plus en plus vite. Il voyait arriver le bout de la passerelle, une dizaine de mètres devant lui. Un couple d'amoureux, sur l'un des bancs disposés au milieu de la passerelle, cessa de s'embrasser lorsqu'il vit passer les deux hommes qui se poursuivaient l'un l'autre. Soudain, Simon Frisquet eut une intuition fulgurante : la masse imposante qu'il voyait se profiler derrière la sortie de la passerelle de l'autre côté du quai était le musée du Louvre. Oui, il fallait qu'il trouve refuge au Louvre. Vu l'heure, il lui suffisait de bifurquer à gauche sur le quai du Louvre pour rejoindre la porte donnant sur la cour intérieure où, autrefois, était installée l'École du Louvre avant qu'elle ne déménage vers le Pavillon de Flore. Là, sous la voûte, un escalier menait à l'appartement des Clodelle. Le concierge du musée qu'il connaissait bien et avec lequel il entretenait des rapports amicaux pourrait lui offrir l'hospitalité.

Arrivé au bout de la passerelle du Pont-des-Arts, Frisquet opéra un virage sur la gauche afin de gagner la porte du quai du Louvre. A cette heure de la journée, la circulation était encore assez dense. Il plongea entre les voitures et parvint à se faufiler entre un bus de la RATP et une camionnette de transport dont les chauffeurs lui adressèrent une bordée d'injures après avoir laissé sur la chaussée une partie de leurs pneus dans un crissement strident. Simon Frisquet avait l'impression que son cœur allait éclater. Derrière lui, son poursuivant tentait, avec moins de chance, la traversée du quai. Les voitures paraissaient s'être donné le mot : elles fonçaient à touche touche, d'autant que le feu du Pont-Neuf était passé au vert : son poursuivant piétinait.

Simon Frisquet avait ainsi gagné, grâce aux proverbiaux embarras de Paris célébrés par Boileau, les quelques secondes qui lui permirent de se jeter sous la voûte et de prendre l'escalier qui montait à l'appartement des Clodelle. Hors d'haleine, il sonna à la porte. Une fois, trois fois, dix fois. Déjà il entendait le souffle de l'homme à sa poursuite sous la voûte. La porte vitrée qui donnait accès à la cage d'escalier venait de s'ouvrir avec son grincement caractéristique. Simon Frisquet voyait à présent l'ombre de son poursuivant se profiler sur le mur comme dans un film de Hitchcock. L'homme montait lentement, comme s'il se méfiait. Simon retenait son souffle. Il avait une main sur la porte de l'appartement des Clodelle et l'autre sur la sonnette. Il avait cessé d'appuyer sur le bouton de peur que l'homme n'entendît son grésillement strident. L'ombre n'était plus qu'à un demi-étage de lui. Trois marches de plus et il allait se trouver nez à nez avec son poursuivant. Que faire ? Monter un étage de plus équivalait à se dévoiler. Tant qu'à livrer bataille, il valait mieux que ce fût sur le palier des Clodelle — lesquels, en tout état de cause, vu les servitudes de leurs fonctions, ne devaient pas se trouver très loin. Simon Frisquet fouilla dans ses poches pour essayer de trouver un objet susceptible de lui servir d'arme de poing dans la lutte qu'il allait devoir livrer. Il défendrait sa peau chèrement. Hélas, mis à part un stylo Parker et son mini mètre-ruban, il n'avait rien sur lui qui pût l'aider d'une quelconque manière. Il s'apprêtait à envoyer un coup de pied dans la figure de l'homme dont il commençait à voir le haut du crâne lorsque sa main droite sentit la porte des Clodelle qui basculait doucement en s'ouvrant. Il s'engouffra dans l'appartement et referma le plus doucement possible cet huis qui venait, contre toute attente, de le faire échapper à son poursuivant.

Ce qu'il vit alors lui réchauffa le cœur. Une adorable petite fille blonde en chemise de nuit tenait un ourson en peluche dans ses bras. Avec sa chevelure bouclée et ses petits pieds roses, elle ressemblait à un ange descendu du ciel.

— Marie ! Tu n'est pas couchée ?

— Bonjour, monsieur Frisquet. Mon papa et ma maman ils sont au cinéma. Veux-tu donner à manger à Oursinet ? Il a faim.

— Bien sûr que nous allons lui donner à manger. Dis-moi où se trouve la cuisine.

Il s'était glissé dans l'appartement après avoir refermé la porte. La fillette lui tendit son ours en peluche et l'entraîna à la cuisine. Simon fit toucher des petits-beurre au museau d'Oursinet, puis il prit Marie par les épaules et la regarda dans les yeux.

— Marie, dis-moi Marie, tu aimes les secrets ?

— J'aime ça. Et Oursinet aussi il aime ça. Moi aussi j'ai un grand secret.

— Alors promets-moi de ne rien dire à ton papa et à ta maman de ce que tu as vu ce soir. Je ne suis pas venu. D'accord Marie ?

— Oui. Il y a Oursinet et moi qui sommes au courant. Un jour moi aussi je te dirai mon grand secret si tu es sage.

Marie ressemblait à une créature céleste de Fra Angelico [1]. Simon se sentait fondre comme un mor-

1. Fra Angelico (vers 1400-1455).

ceau de sucre devant cette fillette dont le regard angélique était soudainement devenu grave.

Il l'embrassa sur le front. Une demi-heure s'était écoulée depuis son arrivée. Il sortit par où il était entré. L'escalier était désert. En deux enjambées, il se retrouva dans la cour Lefuel et, de là, par l'escalier de la direction des Musées de France, il regagna la porte qui donne accès à la salle provisoirement affectée aux portraits français du XIXe siècle. Le musée, à nouveau, allait s'ouvrir à lui. Arrivé devant la porte, il chercha son passe dans sa poche. En vain ; la clé avait disparu. Simon Frisquet était d'autant plus étonné qu'il se souvenait l'avoir posée la veille au soir sur sa table de nuit dans la chambre de l'Auberge de la Guerronnière à Honfleur pour la reprendre après s'être habillé. Il redescendit au rez-de-chaussée sous la voûte qui longe la place du Carrousel pour aller dans le bureau du vaguemestre du Louvre. Là, au fond d'un des casiers du courrier, un passe se trouvait toujours à la disposition des conservateurs. Il remonta l'escalier crasseux de la direction des Musées et pénétra enfin dans les salles.

Lorsque la porte s'ouvrit, le silence et l'immensité du Louvre, la nuit, le surprirent à nouveau.

Cette fois, pourtant, il se sentait vraiment dans la peau d'un agent secret expédié par son service au-delà des lignes ennemies, ou encore dans celle d'un travailleur clandestin entrant en territoire étranger où l'attendent les douaniers. Depuis trois jours, il avait été victime d'une agression et d'une poursuite. Ses moindres faits et gestes, manifestement, étaient épiés. On avait cherché à l'abattre, à l'éliminer. Mais l'historien d'art s'était fait enquêteur et n'était pas prêt à baisser les bras. Il aurait le mot de la fin.

Il avait besoin d'une journée au Louvre pour parachever son enquête et prévenir ensuite la police. Mais, pour cela, il lui manquait une preuve qu'il n'obtiendrait qu'en se portant à un endroit précis du musée. En cas d'échec, il irait rendre compte auparavant de tout ce qu'il avait découvert, à Montagne et à Lamotte.

Par chance, le lendemain était un mardi. Et le mardi, comme chacun sait, le Louvre est fermé pour nettoyage. Simon Frisquet pourrait donc opérer en toute quiétude dans un musée quasi désert où les gardiens passent la serpillière et le plumeau au milieu des chefs-d'œuvre. Mais avant cela, il lui fallait mettre la main sur le planning des rondes de nuit des gardiens. Pour cela, il se dirigea vers le poste central de sécurité situé dans un angle de la salle attenante à la rotonde de la galerie d'Apollon. Il attendit là que les deux gardiens, horodateur à la main, partent faire leur tournée pour se jeter sur le cahier crasseux où, au jour le jour, étaient notées les heures et les durées des rondes de nuit. Chaque page était signée, le matin, par le gardien-chef de garde. En quelques minutes, il trouva ce qu'il cherchait. Trois nuits par semaine — le samedi, le lundi et le vendredi —, une ronde était signalée par trois croix marquées sur le carnet au stylo fluorescent. Les feuilles de compte rendu correspondantes étaient signées de la lettre « P » d'une écriture assez grandiloquente. Pantalacci, évidemment. Le chef du service de la sécurité prenait la tête d'une ronde de nuit trois fois par semaine, ce qui l'amenait à faire le tour des salles. C'était pour lui la façon d'être présent, comme il disait, « sur le parquet du Louvre ».

Pendant la nuit du samedi au dimanche, selon le carnet, la ronde de Pantalacci avait eu lieu à minuit pile et non à dix heures. Simon Frisquet était donc tombé sur le Corse dans la galerie des tabatières bien avant que ce dernier n'effectuât la ronde réglementaire. Ces éléments déductifs, le jeune conservateur les déroulait à présent avec la régularité d'un mécanisme d'horlogerie, le puzzle implacablement se reconstituait. Aussi, n'est-ce pas sans une certaine satisfaction intellectuelle que Simon Frisquet se mit à la recherche d'un lieu tranquille pour piquer un petit somme. Il finit par trouver refuge dans un somptueux sarcophage de porphyre de l'époque impériale romaine, disposé au milieu des salles qui entourent le vaste atrium où sont exposées les grandes mosaïques romaines comme on en voit à Pompéi ou à Herculanum. La pierre était dure et froide. Pelotonné comme un bernard-l'ermite dans son coquillage, il n'arriva pas à trouver le sommeil. Peu avant minuit, il sortit enfin de sa cachette pour se rendre sur le lieu précis où il voulait procéder à sa vérification.

Ce qu'il vit le combla d'aise. En un quart d'heure à peine, il avait résolu une grande moitié de l'énigme. Restait à trouver l'autre. Dès le lendemain matin, ce serait chose faite. Du moins le pensait-il en regagnant son sarcophage de porhyre rose de l'époque impériale. Fourbu mais satisfait cette fois, il s'endormit illico du sommeil du juste. Pamela serait fière de lui.

Simon Frisquet rêvait encore qu'il était un génie

italien de la Renaissance monté sur un échafaudage pour peindre une fresque épique sur les murs d'un palais florentin ; tandis qu'à l'autre bout du musée, Marie-Catherine Bahut mettait la dernière main aux préparatifs du transport de *La Dame à la Toison d'Or,* de la réserve Sully III jusqu'à la salle des expositions temporaires, des espaces situés sous la Pyramide de I.M. Pei.

Contre toute attente, le ministre avait en effet souhaité voir le tableau au plus vite. Pour éviter toute perte de temps, Bertillon avait proposé d'organiser la séance d'examen du Dürer au Louvre même, ce qui évitait un emballage et un déballage en présence d'un conservateur des peintures du Louvre comme c'est la règle intangible dès lors qu'un tableau important des collections franchit les murs du musée.

Dans la salle décorée par Wilmotte, de pierre grise et de bois blond, un chevalet avait été dressé. Des projecteurs halogènes permettaient d'examiner le tableau à la lumière rasante si cela s'avérait nécessaire. Sur une table, étaient rangées des loupes de tailles différentes au cas où Jack Lang aurait souhaité regarder de plus près l'état du bois sur la face arrière du panneau. Chacun s'affairait. Le personnel briquait la salle. Le ministre devait arriver dans une heure.

Pierre Montagne avait fait installer sur une table placée à droite du chevalet deux exemplaires du dossier scientifique établi par le laboratoire des Musées de France pour le laisser au ministre, après l'exposé qu'il avait l'intention de développer. Les gardiens chargés du grand nettoyage du mardi rajustaient leurs uniformes. Le complexe touristico-culturel situé sous la Pyramide avec son restaurant, sa librairie — la plus vaste de France dans les domaines archéologique et artistique —, son auditorium où l'on passe des documentaires inédits, des films de fiction lorsqu'ils ont un rapport avec l'art et où l'on donne des concerts de musique de chambre, ses vestiaires et ses toilettes enfin dignes du Louvre, resplendissaient à force d'avoir été astiqués. Sidonie Élysées, impériale dans son uniforme bleu marine, régentait l'équipe des femmes de ménage. Pour un peu, elle les aurait fait défiler au pas.

Pendant ce temps, après s'être étiré et cogné un pied contre la paroi de marbre froid, Simon Frisquet se réveillait dans son sarcophage.

Il avait dormi trois ou quatre heures. C'était peu, mais suffisant pour avoir les idées plus claires. Il regarda sa montre. Il lui restait exactement vingt-sept minutes pour élucider les faits mystérieux dont il avait été le témoin depuis quatre jours. Lorsqu'il était tout jeune encore, il avait eu l'occasion de voir deux ou trois épisodes du feuilleton *Belphégor* qui avait tenu en haleine les Français pendant des mois. L'intrigue se situait au Louvre et dans ses sous-sols. C'était au temps de De Gaulle, peu après l'indépendance de l'Algérie. Il n'avait pas imaginé une seconde qu'il vivrait en direct, et dans le même décor, des aventures encore plus extraordinaires. Il n'y avait pas une minute à perdre. Il devait se rendre le plus vite possible à la réserve Sully III. L'équipe de manutention irait chercher le tableau une quinzaine de minutes avant l'arrivée du ministre pour des raisons de sécurité et afin d'éviter que le panneau de bois ne soit exposé trop longtemps dans des conditions hygrométriques différentes de celles de la réserve. Il lui fallait à présent s'assurer que le fond du cadre avait été décloué depuis qu'il l'avait lui-même ouvert pour tomber sur la cache. Si quelqu'un avait entre-temps utilisé la cache pour y mettre quelque chose, les trous qu'il avait exprès laissés vides auraient maintenant été remplis par les pointes. Il avait lu cette astuce dans un roman d'Agatha Christie, au sujet non pas du cadre d'un Dürer mais d'un cercueil où le meurtrier — habileté suprême — cachait les cadavres de ses victimes.

Il s'apprêtait à contourner la *Vénus de Milo* qui, miraculeusement, a réussi à traverser les siècles sans qu'un restaurateur ou un conservateur ne juge nécessaire de lui greffer des membres supérieurs, avant de remonter l'escalier de la *Victoire de Samothrace* lorsqu'il vit, barrant le passage de la vaste galerie bordée de sarcophages qui mène à l'escalier monumental, une équipe de gardiens auxquels un homme de dos paraissait donner des instructions. Son sang ne fit qu'un tour : Pantalacci. C'était trop bête, il avait oublié : le mardi, jour de fermeture, le chef de la sécurité du Louvre donnait un cours de formation aux gardiens stagiaires, profitant de ce que le musée, ce jour-là, leur était réservé. Il était donc impossible de continuer par là.

Le mardi est, pour le Louvre, le jour de la toilette des œuvres et des salles. Les photographes et les cameramen opèrent dans le musée sous la surveillance des conservateurs. La photographie d'une œuvre d'art est aussi délicate et malaisée que le portrait d'un enfant. Le moindre défaut d'éclairage, la moindre erreur d'ouverture focale et le chef-d'œuvre pictural devient un vulgaire chromo. Simon Frisquet se dit que les salles égyptiennes devaient également regorger de photographes accompagnés de documentalistes du département des antiquités égyptiennes.

Il n'y avait pas d'autre solution : il lui fallait passer de l'autre côté par la salle du Manège, ce qui lui ferait perdre dix bonnes minutes. Il enrageait. A cause de Pantalacci, voilà qu'il allait arriver trop tard à la réserve Sully III. Tout son plan était en train d'échouer lamentablement.

C'est en remontant quatre à quatre l'escalier Mollien qu'il découvrit l'étendue du désastre. Précédés de Marie-Catherine Bahut, deux hommes d'équipe portaient, avec d'infinies précautions et tel le saint sacrement, *La Dame à la Toison d'Or*.

Il ne restait plus que dix minutes maintenant avant l'arrivée de Jack Lang sous la Pyramide. Tout était raté. Plaqué contre un pilastre de l'escalier, Simon Frisquet assistait au naufrage de son enquête. En fait, il aurait dû aller coucher dans la réserve. Il s'en voulait d'avoir cédé à la facilité. Le saint sacrement approchait, tel un palanquin porté par des diacres, sous les directives précautionneuses de Marie-Catherine.

— Là ! Attention messieurs. Doucement. A gauche. C'est bien. La marche ! Nous voilà à pied d'œuvre.

Simon Frisquet aurait volontiers donné des coups de pied dans le pilastre. Mais il n'aurait rien gagné de plus qu'un bleu aux orteils ou une entorse à la cheville.

Et pourtant, chose à peine croyable, ce qu'il avait sous les yeux, à présent, ce saint sacrement porté avec tant de soins, avait retrouvé son reliquaire d'origine. *La Dame à la Toison d'Or,* rayonnante comme jamais, était à nouveau enchâssée dans son cadre d'origine, prête à se rendre sous la Pyramide, l'endroit le plus emblématique du Louvre, pour son rendez-vous avec le ministre de la Culture, de la Communication et des Grands Travaux de la République française.

Le rendez-vous de la Pyramide

LORSQU'IL fit irruption sur le palier de la porte de la réserve Sully III, Simon Frisquet dut s'y reprendre à trois fois pour enfoncer le passe dans la serrure. Il suait à grosses gouttes. Il était sur des charbons ardents. Puisque, comme par miracle, *La Dame à la Toison d'Or* avait retrouvé son encadrement d'origine, le cadre factice devait toujours se trouver dans la réserve ! Il fallait mettre la main dessus. Élémentaire mon cher Frisquet. Et au travail.

Après avoir refermé la porte à double tour, sans faire de bruit, il tira l'un après l'autre tous les panneaux coulissants sur rails. La peinture française du XVIIe siècle recommença à défiler sous ses yeux : le classicisme de Poussin, l'atticisme de La Hyre [1], le symbolisme de Bourdon [2]... Il finit par le localiser, accroché à l'avant-dernier panneau, très haut entre deux Sébastien Bourdon. Il prit une échelle et monta pour décrocher soigneusement le cadre. Il lui sembla

1. Laurent de La Hyre (1606-1656).
2. Sébastien Bourdon (1616-1671), disciple de Poussin.

lourd. Il l'examina sur la table de travail. Aucun doute n'était permis : toutes les pointes se trouvaient en place. Tous les trous étaient occupés. On avait donc soulevé le couvercle de la cache pour le refermer méthodiquement. Un orfèvre du maquillage en ébénisterie avait opéré entre le moment où il avait décelé la cache et ce matin-là : les têtes de clous avaient été marquées par du mastic coloré à la couleur du bois. Il était impossible, à l'œil nu, de les déceler. Son piège avait fonctionné. Merci Agatha Christie.

Simon Frisquet prit le cadre des deux bras et se dirigea vers la Pyramide, sous le regard quelque peu interloqué de gardiens ahuris de voir ainsi passer pour ainsi dire au sprint un jeune conservateur tenant un cadre vide des deux mains face à son visage, comme s'il avait voulu encadrer par là son propre portrait.

Désormais, tout était limpide dans sa tête. Le cadavre dans la galerie d'Apollon, le cadre du Dürer remplacé, les plumes de coq, tout cela, bien évidemment, faisait un ensemble. Un même faisceau d'indices convergeait tous vers la même personne : Sidonie Élysées. Il en avait acquis la certitude en espionnant derrière la porte de la salle de repos des gardiens, le samedi soir dernier après l'agression dont il avait été victime dans les salles du département des objets d'art. Dans un premier temps, il avait soupçonné Sauveur Pantalacci. Son apparition, quelques instants après qu'on l'avait assommé, lui était apparue trop évidente pour être fortuite. Le Corse avait, pour lui, une mine peu sympathique. Il est vrai qu'on aurait pu la qualifier, sans verser dans l'excès, de patibulaire, surtout l'après-midi lorsque sa barbe, extrêmement vivace, lui noircissait le visage. Et puis cette coïncidence qui l'avait fait tomber nez à nez avec lui juste après avoir été assommé lui trottait sans cesse dans la tête. Tout désignait « Panta » comme son agresseur. C'est la raison pour laquelle il s'était bien gardé, ce soir-là, de lui raconter quoi que ce soit sur sa découverte de la cache dans le nouveau cadre de *La Dame à la Toison d'Or.* Cette réticence à l'endroit du chef de la sécurité avait d'ailleurs renforcé les soupçons qu'il nourrissait à son égard. Il n'était pas loin de penser que Pantalacci fût l'auteur de l'horrible crime qui avait coûté la vie à Jean Blancart. Le mobile de ce meurtre lui échappait mais il ne désespérait pas de résoudre l'énigme. Lorsqu'il avait surpris Pantalacci montant sur un escabeau pour aller prendre allez savoir quoi derrière le vasistas de la cabine de douche des vestiaires des gardiens femmes, il était sûr que le Corse avait planqué à cet endroit la marchandise qu'il destinait à la cache du cadre de *La Dame à la Toison d'Or.* Cela avait été le déclic. A partir de là, tout ce qui venait d'arriver au Louvre depuis une semaine trouvait sa cohérence et s'enclenchait comme le mécanisme d'une horlogerie de précision.

Et puis, il était tombé tout à fait par hasard sur le bruit qui venait de la salle de repos des gardiens, au bout du couloir des vestiaires du personnel de surveillance. Là, tout avait basculé. L'édifice qu'il avait échafaudé s'était effondré comme un château de cartes. « Panta » n'était pour rien dans toute cette affaire.

Simon Frisquet se remémorait le sentiment de stupéfaction qui l'avait éprouvé lorsque, l'œil collé à la serrure de la porte de la salle de réunion, il avait pu épier pendant quelques minutes le spectacle qui se déroulait à l'intérieur. Il s'y célébrait, en fait, une cérémonie tout à fait extraordinaire dont l'officiant n'était autre que la « mère » Élysées, entourée d'une quinzaine de gardiens antillais. Au début, Frisquet était resté tellement incrédule devant la scène qu'il n'avait rien compris à ces cassolettes d'encens, à ces offrandes et à ces cierges disposés sur le sol, ni surtout à ce coq que la « mère » tenait entre ses mains et qu'elle sacrifiait, en faisant couler le sang du volatile sur le torse d'un jeune homme allongé sur le sol. Il reconnut tout de suite Cambiaseau ; celui-là même sur lequel il était tombé avec Lamotte la veille, après que le directeur du Louvre eut découvert les plumes de coq aux pieds de la *Victoire de Samothrace.* Frisquet avait rapidement compris : Sidonie Élysées orchestrait une cérémonie vaudou.

Le jeune conservateur avait eu l'occasion d'étudier le culte vaudou en unité de valeurs d'un certificat de religions comparées, qu'il avait brillamment passé trois ans plus tôt à l'École des Hautes Études. Il identifia sans difficulté les insignes que portait Sidonie Élysées : elle avait le grade de grande prêtresse. Des cierges engagés dans des bouteilles de bordeaux déclassé brûlaient, en dégageant des fumerolles grésillantes. Sur un brasero de fortune, la « mère » versait des cuillers à café d'encens. Les participants à la cérémonie, au nombre d'une dizaine, regardaient fixement l'officiante qui psalmodiait des formules que

Frisquet n'arrivait pas à comprendre. Ainsi, le Louvre comptait une dignitaire haut placée d'une religion syncrétique, sacrifiant à un rituel que les Égyptiens ou les zoroastriens n'auraient pas répudié quelques millénaires plus tôt.

Il tenait là l'explication de la présence du cadavre ensanglanté dans la galerie d'Apollon. C'était Cambiaseau qui se roulait par terre en poussant des hurlements d'agonisant. Restait à trouver la raison de cette macabre mise en scène. La fin de la cérémonie vaudou allait la lui fournir.

— Tu es messager de la nuit. Tu feras peur au grand convoi dans les salles. Tu protégeras ainsi notre tréso'r.

Sidonie, le regard perdu vers une ligne d'horizon imaginaire, répétait ces phrases comme une litanie. Elle tournait de plus en plus vite autour de Cambiaseau lequel, prostré à même le sol, paraissait être possédé de l'esprit vaudou que la « mère » appelait sur lui avec de grands gestes. D'immenses chapelets ceinturaient le cou de la grosse femme. Elle était coiffée d'un foulard rouge dont le nœud sur le front lui conférait l'aspect d'une espèce de licorne tout droit sortie de la célèbre série des tapisseries exposées au musée de Cluny.

C'était donc ça : le tableau de Dürer qui allait partir à Washington était devenu « le grand convoi dans les salles » et la cache du cadre devait renfermer « le trésor » sur lequel Cambiaseau était chargé de veiller. Le sang du coq sur son corps faisait de Cambiaseau la victime expiatoire du forfait de la

« mère » ; ou bien il visait, plus prosaïquement, à détourner l'attention d'éventuels curieux.

Sous ses dehors de gentillesse et de gaieté communicative, Sidonie Élysées avait réussi à monter une opération criminelle d'une diabolique habileté. Grâce à la cache, le grand convoi vers l'Amérique avait toutes chances d'arriver à bon port. Frisquet imaginait déjà les titres des journaux du lendemain : « Guadeloupe connection au Louvre » ; « la gardienne en chef était également grande prêtresse vaudou » ; ou encore « la filière vaudou du Louvre ». Rouletabille était satisfait. Frisquet était sûr de ses effets, devant le parterre de conservateurs en chef et d'énarques ministériels de la rue de Valois.

Il tenait son cadre des deux mains et filait d'un bon train vers la Pyramide. Déjà, il voyait se profiler les escalators permettant d'accéder à l'immense hall située en contrebas. Dans quelques minutes, commencerait la séance d'examen du tableau par le ministre, sur les lieux mêmes des crimes, au carrefour emblématique qui marque de sa forme pyramidale les entrées de ce qui est déjà le plus grand musée du monde et qui deviendra le « Grand Louvre » lorsque les aménagements des espaces que le ministère des Finances a quittés non sans difficultés auront été achevés, aux alentours de l'an 2000. Dans trente siècles, les historiens appelleront probablement le troisième millénaire « l'ère du Grand Louvre » et établiront d'audacieuses et séduisantes comparaisons entre la Pyramide de I.M. Pei et celle de Kéops si le verre de Saint-Gobain répond toutefois à sa promesse de longévité.

Au même moment, Lamotte, profitant des quelques minutes qui lui restaient avant l'arrivée de Jack Lang, s'apprêtait à répéter ce qu'il aurait aimé dire à Pantalacci au sujet des confidences de Sidonie Élysées à propos de Mathilde Victor. Cela tombait bien. Tout le monde se trouvait sous la Pyramide. Sidonie Élysées, impériale dans son uniforme, était placée au pied de l'escalier hélicoïdal qui relie le hall inférieur à l'espace recouvert par la Pyramide de verre Saint-Gobain spécial, posée tel un quartz sur la dalle minérale de la cour Napoléon. Le ministre était attendu à cet endroit. Pantalacci, sanglé dans un costume qui devait dater de sa dernière communion, donnait, tel l'entraîneur à son équipe, les ultimes instructions à un groupe de gardiens disposés en rangs serrés, par ordre de taille. Dès que le ministre serait reparti, Lamotte comptait bien s'isoler avec Sidonie Élysées et Sauveur Pantalacci pour leur intimer l'ordre de cesser leurs harcèlements et leurs querelles respectives.

Un œil rivé sur *La Dame à la Toison d'Or* et l'autre vers l'escalier hélicoïdal, Pierre Montagne savait à la lettre près ce qu'il allait dire au ministre. Il lui résumerait sobrement le contenu du rapport de Madeleine Hours sur un ton de force tranquille qui laisserait entrevoir, en cas de refus ministériel d'accéder à ses arguments, une démission en bonne et due forme. Il avait d'ailleurs largement préparé sa lettre la veille au soir, choisissant chaque formule, peaufinant le style, gommant toute grandiloquence pour s'en tenir à un mode beaucoup plus simple et surtout beaucoup plus percutant. Il ne pensait plus à cette affaire dérisoire des plumes de coq trouvées aux pieds de la *Victoire de Samothrace.* Une mauvaise plaisanterie de potache, selon lui, venant de quelqu'un qui en voulait, pour une raison ou pour une autre, à Lamotte.

En revanche, le meurtre sauvage de Blancart, ce massacre réel au-dessus de celui de Scio tel que Delacroix l'avait représenté, demeurait pour lui une énigme si choquante, si insoluble qu'il avait mis un point d'honneur à la chasser le plus loin possible de ses pensées. A présent, toute son énergie intellectuelle était tendue vers un seul but : empêcher le départ de ce panneau de bois recouvert de peinture à l'huile par l'un des artistes les plus géniaux de son époque.

Malgré ses dimensions importantes, le hall inférieur de la Pyramide était à présent noir de monde. Le personnel des musées s'était donné le mot. Chacun voulait assister à cet étrange spectacle d'un ministre venu en personne examiner un tableau du Louvre pour juger de son état de conservation. Même Malraux n'avait jamais fait ça. Aussi, ils étaient tous là. Au premier rang, les chefs d'ateliers : Pintonneaud, qui dirigeait les marbriers, Bonsol, le serrurier en chef, Trampalini le chef éclairagiste, Zof, vitrier en chef, Trampalini, le chef éclairagiste, Zof, vitrier ner, chef cuisinier du restaurant du personnel, et, plus en arrière, Grisoni, le chef de l'atelier d'encadrement à la barbe toujours plus noire — lequel, curieusement, n'avait pas souhaité figurer au premier rang de l'assistance.

De l'autre côté du hall, se tenait le personnel de la

Réunion des Musées nationaux derrière leur directrice, Irène Chazot. La « RMN », comme on l'appelle familièrement dans le monde artistique et culturel, est une sorte de banque dont les recettes sont constituées des droits d'entrée dans les musées et les expositions temporaires ainsi que de la vente des catalogues. Lorsqu'on sait que les musées reçoivent bon an mal an près de six millions de visiteurs, et qu'une grande exposition comme Manet ou Monet draine plus de six cent mille personnes, on comprend que le budget de la RMN atteint une coquette somme. Une partie de cet argent sert à acquérir des œuvres d'art destinées aux collections nationales.

Vers le centre, l'équipe du laboratoire entourait Madeleine Hours, laquelle portait une volumineuse sacoche dans laquelle était classé tout le dossier d'analyse de *La Dame à la Toison d'Or* suite aux examens multiples que le panneau de Dürer avait passés au laboratoire depuis une trentaine d'années ; cela allait de la photographie classique sous infrarouge à la toute fraîche analyse sur diagramme du bombardement par Aglaé, l'accélérateur de particules à rayons gamma.

Sur la gauche, étaient massés tous les conservateurs du Louvre. Pas loin de soixante personnes. Jeunes pour la plupart, tous regroupés derrière leurs chefs de département : Jean-Louis De Cenival pour les antiquités égyptiennes, Roseline Dalou pour le cabinet des dessins, Annie Caubet pour les antiquités orientales, Jean-René Gaborit pour les sculptures, Daniel Alcouffe pour les objets d'art, Alain Pasquier pour les antiquités grecques et romaines. Tous étaient venus soutenir leurs collègues des peintures dans leur combat pour empêcher le prêt de *La Dame à la Toison d'Or* à la National Gallery de Washington.

On annonçait l'arrivée de Jack Lang. Olivier Bertillon était allé l'accueillir à la porte de la Pyramide sur la cour Napoléon. Vêtu d'un costume Thierry Mugler anthracite illuminé par une pochette de soie coquille d'œuf et d'une chemise mauve très pâle, le ministre affichait un sourire éclatant lorsqu'il jaillit de sa voiture tel un diable de sa boîte. Il était seul. Quelques badauds l'avaient reconnu et applaudissaient.

Il prit Olivier Bertillon par le bras et lui dit dans le creux de l'oreille :

— Ne vous inquiétez pas, tout va très bien se passer. Vous allez être surpris.

Les deux hommes empruntèrent l'ascenseur hydraulique qu'entoure l'escalier hélicoïdal et se retrouvèrent dans l'immense hall inférieur de la Pyramide. Un silence sépulcral y régnait. Tout le personnel du Louvre retenait son souffle.

Sidonie Élysées faisait les gros yeux à ses troupes pour qu'elles maintiennent un semblant de garde-à-vous. Les conservateurs en chef, très dignes, étaient disposés en rang d'oignons pour saluer le ministre.

Jack Lang se dirigea vers le centre du hall, à l'endroit où trônait *La Dame à la Toison d'Or* sur son chevalet, telle une icône dans sa chapelle ardente, éclairée par des projecteurs qui en faisaient ressortir les couleurs chatoyantes et l'éclat doré de l'ordre de la Toison.

— Mesdames et messieurs, je vais vous faire une

confidence qui vous mettra du baume sur le cœur. *La Dame à la Toison d'Or* ne partira pas. Ni avec son ancien cadre ni avec le cadre-valise.

L'assistance, interloquée, demeurait silencieuse. Dix secondes plus tard, quelqu'un donna le signal et un tonnerre de vivats et d'applaudissements salua l'annonce de Jack Lang. Le ministre poursuivait son propos :

— Un peu de silence, je vous prie. Il y a une personne grâce à laquelle nous sommes tous réunis ici : il s'agit d'un jeune conservateur stagiaire. Je ne le connais pas personnellement. Son nom est Simon Frisquet.

Débouchant à cet instant précis de l'escalator, Simon, dont tous les effets avaient été coupés par l'annonce de Lang, se retrouva, la mine complètement ahurie, et le cadre à la main, poussé vers le premier rang sous les cris d'encouragement de ses collègues. Le ministre lui serra la main avec effusion en lui demandant de venir à ses côtés.

— Et maintenant, je cède la parole à l'inspecteur Bornafier qui va vous expliquer le motif de notre réunion d'aujourd'hui.

Jack Lang avait décidé de jouer Monsieur Loyal. Il ne lui manquait que l'habit rouge et le chapeau haut de forme.

C'est alors qu'à la stupéfaction générale, tous les participants virent Bornat se frayer un chemin à travers la foule, pour se ranger à côté de Jack Lang et de Simon Frisquet. Bornat en personne, tout sourire, arborant une mine rayonnante !

Dans le lourd silence qui suivit, on entendit tousser

plus d'un conservateur en chef. Bornat avait totalement changé son look. Il n'arborait plus sa tenue à la Buren, mais un blazer bleu et un pantalon de flanelle grise. Ses cheveux étaient dégominés. Il ne portait plus de lunettes. Méconnaissable, il souriait d'un sourire aussi large qu'était grande la surprise mêlée de consternation de l'assistance.

— Je me présente. Inspecteur Bornafier de la Brigade de répression des stupéfiants. Je crois que je vous dois quelques explications.

Jack Lang, toujours radieux bien qu'aucune caméra de télévision n'ait été invitée à immortaliser la scène, reprit immédiatement la parole :

— Avant que l'inspecteur Bornafier ne nous dévoile ici même le cerveau d'une filière gigantesque de transfert de cocaïne vers les États-Unis, je voudrais vous préciser que c'est à la demande du ministre de l'Intérieur en personne, il y a six mois, que l'inspecteur Bornafier a rejoint mon cabinet. Il a pris, en guise de couverture, le titre de conseiller technique, chargé des musées. Je crois même savoir qu'il s'est acquitté de sa tâche avec beaucoup d'ardeur...

A présent, un silence total régnait dans le hall du Grand Louvre. On entendait seulement deux hirondelles prisonnières de la Pyramide qui se livraient à un ballet aérien pathétique pour essayer de sortir de cette gigantesque boîte au couvercle de verre aux parois desquelles elles se heurtaient en poussant des cris stridents.

Bornafier poursuivait son récit.

— Il y a six mois, le FBI américain a localisé un trafic de cocaïne à Washington dont l'organisateur était le gérant d'une entreprise d'emballage et de transport d'œuvres d'art de grande valeur. L'homme fut arrêté et parla. Il nous mit en garde contre l'existence d'une nouvelle filière qui s'apprêtait à utiliser un objet du Louvre comme moyen de transport pour plusieurs kilos d'héroïne pure de France vers les États-Unis. Cela représente environ l'équivalent de cent millions de francs. Quoi de plus aisé, en effet, que de se servir d'une œuvre d'art comme « valise » pour une filière de trafic de drogue ? Pour démanteler le réseau, il nous fallait absolument tendre un piège ; et pour que ce piège fonctionne, nous avions besoin d'un déclencheur et d'une complicité active au sein du Louvre. La complicité active, nous l'avons eue grâce à la compréhension de Sauveur Pantalacci, avec lequel je correspondais par de petits papiers écrits en langage codé que je plaçais le matin très tôt derrière le vasistas de la troisième cabine de douche des dames du gardiennage.

Un long murmure parcourait l'assistance. Sauveur Pantalacci souriait de toutes ses dents blanches et carnassières.

— Mais alo' quand je vous ai surpris, vous ne reluquiez pas la petite Victo' ?

Sidonie Élysées avait lâché cette constatation avec un cri guttural qui se termina dans un sanglot long comme un tronc de cocotier.

Pantalacci faisait « non » de la tête. Sidonie pleurait à chaudes larmes.

— Je voudrais terminer mes explications, poursuivit l'inspecteur Bornafier, sans le jeune Simon Frisquet, nous n'aurions pas découvert l'existence de cette filière. Eh oui, cher Simon, je vous ai fait surveiller nuit et jour depuis soixante-douze heures. Au départ, je ne vous le cache pas, j'ai même cru que vous étiez l'un des membres actifs du réseau...

Simon Frisquet toussa. Il ne voulait pas donner le mot de la fin à cet inspecteur qui l'avait soupçonné. Il avança vers l'assistance et leva la main comme à l'école, lorsqu'on veut parler. Il avait à nouveau l'air sûr de lui.

— Puis-je poser une question à Mme Sidonie Élysées ? demanda-t-il au ministre. Jack Lang acquiesça.

— Madame Élysées, s'écria-t-il d'une voix forte, à quel grand convoi faisiez-vous allusion samedi soir dans la salle de repos du personnel de surveillance ?

La grosse femme éclata alors d'un rire sonore qui s'amplifiait jusqu'à devenir un formidable cri suraigu.

— I pa'le du « grand qu'on voit dans les salles », c'est le surnom que nous aut' d'out' mer' donnons à m'sieur Pantalaxi.

Simon Frisquet, le nez pointé vers le sommet de la Pyramide, ne pipait mot. Toute la machination qu'il croyait avoir démontée n'existait que dans son imagination. Les conservateurs en chef, impitoyables, commençaient à sourire franchement.

Le grand secret

— VOYONS, monsieur Frisquet, chacun son métier. Vous êtes un conservateur courageux. Je suis un flic qui essaie de faire le mieux possible son métier. Par contre, vous pourriez m'aider en déclouant la planchette qui recouvre la cache du cadre-valise que vous avez eu la présence d'esprit d'apporter dans ces lieux.

Simon prit le burin et le marteau que lui tendit l'inspecteur et détacha la planchette. Le cadre était bourré de sachets de poudre blanche que Bornafier disposa sur la table tout en continuant sa démonstration comme un bateleur devant des badauds...

— Trente-cinq sachets de cent-cinq grammes d'héroïne extra-pure. Une cachette inviolable. La drogue aurait bénéficié de la protection de la police et des autorités fédérales américaines au même titre que *La Dame à la Toison d'Or*. Elle aurait été de surcroît couverte par la meilleure police d'assurance émise par les Lloyds puisqu'il s'agit d'une question de prestige pour cette vénérable compagnie, qui a déjà assuré la *Joconde* lorsque de Gaulle l'a expédiée au Canada et aux États-Unis. A Washington, la marchandise aurait été réceptionnée sous bonne escorte comme un VIP dès l'ouverture de la caisse d'emballage à la National Gallery. Sachant que les Musées de France prêtent bon an mal an dix toiles aux musées américains, vous imaginez, mesdames et messieurs les conservateurs, l'ampleur qu'aurait pu prendre cette filière si, grâce à Simon Frisquet, nous ne l'avions pas démantelée.

L'assistance applaudissait à tout rompre. Seul Grisoni s'était éclipsé et cherchait à gagner une sortie. La voix de l'inspecteur tonna :

— Pas si vite, monsieur Grisoni. Vous êtes en état d'arrestation. C'est vous qui avez fourni le cadre-valise à l'organisation criminelle que nous venons de démanteler.

Grisoni avait été ceinturé. Il se débattait comme un beau diable. Deux inspecteurs lui passèrent les menottes. Il baissait la tête.

— Monsieur Grisoni, puis-je vous demander pourquoi vous n'avez pas exécuté une copie conforme du cadre original, ce qui aurait moins attiré les soupçons des enquêteurs, s'enquit Pierre Montagne sur un ton où le sérieux et l'ironie étaient étroitement mêlés.

— Je savais, répondit Grisoni avec un ton saccadé, que M. Frisquet préparait un article pour la *Revue du Louvre* sur le cadre de *La Dame à la Toison d'Or,* et qu'il s'interrogeait sur la présence d'un monogramme identique à celui de l'encadrement de *La Lucrèce à la Lucarne* de Cranach au musée d'Édimbourg. Il connaissait si bien le cadre original qu'il aurait sûrement décelé la supercherie. J'ai considéré qu'il valait mieux partir sur un autre type d'encadrement.

— Et c'est ce qui vous aura perdu, ajouta, triomphal, Bornafier.

Cet aveu d'impuissance de l'encadreur remettait en cause le jugement de Pierre Montagne sur Grisoni. Il n'était même plus ce faussaire idéal capable de restaurer ou de contrefaire tout meuble ancien.

Le conservateur en chef des peintures brûlait de poser, à son tour, une question à l'inspecteur.

— Monsieur l'inspecteur, puis-je vous demander pourquoi vendredi soir, au cours de notre dernier entretien au ministère avec Michel Lamotte, vous nous aviez fait part de votre souhait d'expédier notre jeune collègue Frisquet en Corse ?

Bornafier éclata d'un rire clair et sonore qui alla se perdre sous les hauteurs de la Pyramide de Pei.

— Excellente question. Tout simplement parce que je voulais m'assurer de la valeur professionnelle et de l'intégrité morale de Simon Frisquet. Votre protestation indignée lorsque j'ai émis cette proposition équivalait pour moi à un certificat d'excellence pour la personne qui, au moment même où nous nous parlions au ministère, se trouvait sur les lieux du forfait avec son auteur.

Simon Frisquet sursauta. Avec son auteur ? Bornafier avait bien dit « avec son auteur ».

— Pamela Bambridge ? s'écria-t-il d'un ton où continuait à percer une certaine incrédulité.

— Eh oui ! Pamela Bambridge en personne. La belle Pamela. Rassurez-vous, elle est sous les verrous depuis ce matin. Approchez, messieurs, lança-t-il à l'adresse de deux policiers qui amenèrent la jeune femme, plus séduisante que jamais dans un ensemble Issey Miyaké vert pomme.

Elle tordait ses jolies mains baguées par Cartier et Fred en protestant de son innocence. Elle ressemblait à un portrait d'Élisabeth Vigée Lebrun. Bornafier énumérait les méfaits accomplis par cette créature de rêve. Un casier judiciaire fort lourd malgré son jeune âge.

— Trois condamnations, l'une en Colombie et deux aux États-Unis. Chaque fois pour trafic de drogues dures. Une professionnelle de la poudre blanche. Elle a de surcroît failli vous tuer cher Simon Frisquet. Vous vous souvenez de cet appel sur répondeur vous demandant de vous rendre à la réserve Sully III ce matin à neuf heures ?

Simon Frisquet avait enfin compris. Tout se passait comme si le voile qui lui couvrait les yeux jusqu'alors venait soudainement de se déchirer. Il se revécut mentalement le petit déjeuner de l'Auberge de la Guerronnière et ce laps de temps pendant lequel la jeune femme s'était absentée, soi-disant pour appeler le rédacteur en chef d'*Apollo*... Elle avait dû l'appeler à ce moment-là et contrefaire la voix de Marie Catherine Bahut.

— Elle vous y attendait, armée d'un Smith and Wesson doté d'un silencieux. Elle nous a avoué qu'elle n'imaginait pas que le Louvre cachait des choses aussi étranges et extraordinaires que celles que vous avez eu l'occasion de voir ensemble. Nous l'avons cueillie en douceur. Elle vous avait volé votre passe. Nous savions que vous dormiez cette nuit-là au Louvre.

— Mais comment avez-vous su que je dormais au Louvre ? demanda Simon Frisquet.

— Pour deux raisons, répondit Bornafier : la première c'est que les Clodelle avaient prévenu la police. La petite fille avait tout raconté à ses parents. Elle avait « peur que le monsieur qui vous poursuivait vous fasse mal ! ».

Toute l'assistance éclata de rire à ces mots que Bornafier avait pris soin de prononcer sur un ton enfantin. Montagne paraissait jovial. Quant au ministre, il était aux anges. La tension qui régnait dans la salle diminua d'un cran, tandis que le policier reprenait ses explications :

— La seconde est encore plus simple : c'est moi qui m'étais lancé à votre poursuite, ce soir-là, pour vous prévenir du piège que vous avait tendu Pamela Bambridge. Vous n'auriez pas dû me semer ! Entre parenthèses, bravo ! Vous vous êtes littéralement volatilisé dans l'escalier des Clodelle.

— J'étais donc sous surveillance constante ? demanda Frisquet à l'inspecteur, sous les yeux d'une assistance de plus en plus captivée.

— Oui. Mais ce n'est pas fini. Nous vous avons cherché toute la nuit dans le musée. Où avez-vous dormi ?

— Comme il se doit, dans un sarcophage, répondit Simon Frisquet en éclatant cette fois d'un rire aussi sonore que celui de Bornafier quelques minutes auparavant.

La seule ombre au tableau — sans mauvais jeu de mots — pour Simon Frisquet était bien cette formidable duplicité dont Pamela avait fait preuve à son égard ! Il ne voulait pas avoir a affronter le regard de la jeune femme et détourna ostensiblement la tête pour l'éviter losqu'elle fendit la foule, menottes aux mains, encadrée par ses deux inspecteurs anges gardiens.

En passant devant la hiérarchie de la direction des Musées de France, elle lança d'une voix forte :

— Je me défendrai bec et ongles. Je suis victime d'un odieux complot. Tout ce que vous avez raconté, inspecteur, est faux. J'étais armée parce que j'avais peur. Il y a au Louvre une maffia qui sème les cadavres dans les salles. Demandez donc à Simon Frisquet ce qu'il en pense ?

Cette phrase rappela à l'assistance, qui paraissait l'avoir oublié, l'horrible meurtre de Jean Blancart.

Dans un silence redevenu glacial, Simon répondit à la jeune femme après un instant d'hésitation. Il y avait de la sureté dans ses yeux.

— Pamela, je ne vois vraiment pas de quoi tu veux parler. Je crois d'ailleurs que nous n'avons plus rien à nous dire.

Elle lui lança un regard aussi mauvais que celui de *La Folle,* l'un des tableaux les plus émouvants de Géricault, pendant que les policiers la tiraient vers un fourgon qui attendait garé devant la Pyramide sur la place du Carrousel.

La séance était levée. Chacun venait congratuler l'inspecteur Bornafier pour son bon travail. Simon Frisquet se vit promettre, à titre tout à fait exceptionnel vu son ancienneté, l'ordre des Arts et Lettres par le ministre et une bonification d'ancienneté pour passer conservateur de première catégorie.

— Alors Frisquet, il avance cet article pour la *Revue du Louvre* ?

C'était Pierre Montagne, rose d'émotion et de joie, qui l'avait pris par les épaules.

— Je pense avoir les éléments pour le rédiger dans une dizaine de jours. Mais je réitère ma conviction : les cadres de *La Dame à la Toison d'Or* et de *La Vénus à la lucarne* sont de la main du même ébéniste.

— Prenez l'avion pour Édimbourg, mon cher. Je vous accorde deux jours de congés tout exprès.

Simon Frisquet n'osa pas dire au conservateur en chef des peintures qu'il n'avait même pas pris trois jours de vacances sur les cinq semaines auxquelles statutairement il avait droit depuis qu'il était entré dans les Musées.

Montagne le quitta pour raccompagner Lang, très entouré et assailli de demandes d'autographes par les gardiens.

Chacun, à présent, regagnait son poste de travail ou son bureau. Le Louvre s'apprêtait à vivre un mardi ordinaire avec son lot de restaurations, de photographies, d'inspections de sécurité et de consignes nouvelles au personnel de surveillance.

Simon Frisquet aperçut Sidonie Élysées vers le fond du passage qui relie le hall de la Pyramide à l'espace où a été dégagé, sous la cour Carré, l'impressionnante base du donjon de Philippe Auguste.

Il courut après elle et la rattrapa. Elle lui souriait d'un rayonnant sourire.

Il lui fit signe de l'accompagner et ils se retrouvèrent dans l'une des petites salles attenantes où sont exposées les principales trouvailles archéologiques des fouilles entreprises sous la cour Carrée. Sidonie Élysées le regardait d'un air carrément ironique.

— Madame Élysées, vous me devez des explications au sujet du corps ensanglanté que j'ai vu vendredi soir dans la galerie d'Apollon. Si vous me dites la vérité, je vous le jure, le secret restera entre nous.

L'explication dura de longues minutes. Sidonie accompagnait son commentaire de force gestes, mimant pour ainsi dire ce qui s'était passé.

En revenant sur ses pas pour regagner le musée par l'escalier Mollien, Simon Frisquet aperçut « Panta » qui se dirigeait à sa rencontre.

— J'espère que vous ne m'en voulez pas trop de vous avoir assommé samedi soir ! Sincèrement, je pensais tomber sur Grisoni. Cela fait plusieurs années que je le soupçonne de divers trafics... Bornafier l'avait identifié comme le principal complice de Pamela. Je surveillais depuis des semaines ses diverses tribulations dans le Louvre après la fermeture.

— Pourquoi, dans ces conditions, ne m'avez-vous pas dit que c'était vous qui m'aviez donné ce coup sur la tête ? Ce dont, pour tout vous dire, je me doutais un peu !

— Je vais vous faire un aveu : Bornafier et moi-même n'étions pas sûrs que vous ne succomberiez pas aux charmes de Pamela Bambridge. D'ailleurs, vous avez été son amant.

Il avait prononcé cette dernière phrase avec un clin d'œil lourd de sous-entendus.

— Si peu !...

— C'est déjà ça. J'aurais été à votre place, j'aurais fait pire ! En fait, nous voulions vous protéger d'une influence possible de la jeune femme. Le cabinet du ministre a même envisagé de vous muter en Corse pour quelques mois... En réalité, les plans de Pamela ont été considérablement perturbés par les agissements de Sidonie Élysées et la mise en scène macabre qu'elle a organisée.

— Et qui vous visait, vous sembliez l'ignorer.

— Exact, à ceci près que Cambiaseau, celui qu'elle avait choisi pour figurer le cadavre censé me montrer ce qui m'attendait si je persévérais dans mes agissements envers sa nièce, me racontait tout ce que Sidonie manigançait contre moi. Cambiaseau est un de ces garçons du Louvre qui me suivraient jusqu'en enfer !

Il bombait le torse.

— C'est à peine croyable ! lança le futur conservateur de première catégorie. Je ne pensais pas que le Louvre était un tel théâtre d'ombres. C'est pire que le tableau de Vélasquez, *Les Ménines,* où l'on voit à la fois le peintre, ses modèles et la famille royale qui contemple le tout...

— Je ne connais rien à Vélasquez, mais je trouve cette comparaison assez fidèle. Le Louvre est un monde en soi. Mais sans Sidonie Élysées et ses fantasmes, il est probable que Pamela aurait pu réussir son coup.

— Merci Vélasquez, s'écria Frisquet en serrant la main de « Panta ». Et le meurtre de la salle Daru, vous qui savez tout, que pouvez-vous m'en dire, ajouta-t-il d'un ton implorant.

Le visage de « Panta » s'assombrit.

— Si je tenais le monstre qui a fait ça, je lui fracasserais le crâne, répondit le Corse d'une voix lente, le regard perdu vers le hall de la Pyramide.

— A bientôt, monsieur le conservateur, et encore toutes mes excuses pour le coup que vous avez reçu sur la tête.

Dix minutes plus tard, Simon Frisquet remontait dans son bureau. Il croisa Lamotte dans la salle des Rubens du palais Médicis.

— Tout cela est bel et bon mais je n'ai toujours pas réussi à trouver une explication au meurtre de Blancart, ni à la présence des plumes de coq aux pieds de la *Victoire de Samothrace* ! Quel est votre avis, Simon ?

Frisquet était flatté que le directeur du Louvre l'appelât par son prénom. Mais bien qu'il eût été en mesure de lui répondre sur l'affaire des plumes, il ne pouvait rien dire. Il était lié par son engagement auprès de Sidonie. D'ailleurs, il ne se voyait pas racontant au directeur du Louvre qu'une cérémonie vaudou avait eu lieu dans son établissement ; ni que la grande prêtresse, pour se venger du chef de la sécurité dont elle croyait, à tort, qu'il avait reluqué sa nièce sous la douche, avait cherché à le terroriser en organisant une supercherie macabre dans la galerie d'Apollon. Il lui aurait fallu, en outre, préciser que, pour baliser l'itinéraire de Pantalacci pendant sa ronde, la prêtresse en question avait placé au pied de la *Victoire de Samothrace* des plumes de coq dont elle avait auparavant enroulé la statuette à son effigie, statuette qu'elle piquait tous les soirs. (Elle avait fini par l'avouer, d'un air un peu gêné, à Simon Frisquet pendant leur entretien à côté du donjon de Philippe Auguste.) Cambiaseau, couvert du sang du coq, s'était roulé par terre en mimant l'agonie avant de trouver refuge dans un cagibi où se trouvait la pompe à incendie de la galerie d'Apollon, et de rejoindre Lamotte pendant sa tournée quelques secondes après que Simon eut été le témoin involontaire de cette macabre machination. Pantalacci n'était jamais tombé sur Cambiaseau pour la bonne raison que celui-ci lui avait raconté par le menu la machination dérisoire de la « mère » et qu'il n'avait pas jugé bon de stopper d'une façon ou d'une autre ses agissements. Cette pauvre Sidonie, *in fine,* n'avait fait que donner des coups d'épée dans l'eau.

Tous comptes faits, pensa Simon, mieux valait, dans ces conditions, glisser sur tout cela. Son patron risquait sinon de troquer ses deux jours de congé à Édimbourg contre un séjour dans un asile d'aliénés.

Frisquet regarda sa montre.

— Excusez-moi, monsieur le directeur, mais je suis attendu au service de documentation des peintures. Un grand collectionneur américain. Il possède au moins douze Canaletto[1]. Il y en a peut-être un pour le Louvre si je me débrouille bien.

— Courez vite, mon ami. Canaletto est un peintre rare. Et il nous en manque...

En voyant s'éloigner la silhouette juvénile de son collègue, Lamotte pensa qu'il tenait là un excellent

1. Canaletto (1697-1768), paysagiste vénitien.

élément digne, le jour venu, de diriger les collections du musée du Louvre.

Il était 19 heures de cette mémorable journée, et Simon Frisquet s'apprêtait à regagner son métro place du Palais-Royal. L'après-midi avait été fructueux. Le collectionneur de Canaletto, Bob Fitzleroy avait proposé d'en donner un au Louvre et d'en céder un deuxième à un prix d'ami pour un musée de province. Simon Frisquet était fier. Il avait négocié sa première donation aux Musées nationaux. Montagne et Lamotte pourraient être satisfaits.

Le jeune homme aurait dû, normalement, quitter le Louvre ce soir-là dans un état d'euphorie avancée, ce sentiment qu'éprouve tout conservateur lorsqu'il a réussi à enrichir, par une acquisition majeure, les collections sur lesquelles il a tâche de veiller.

Il n'arrivait pas, pourtant, à éprouver un sentiment de joie. De fait, une chose le choquait : il avait le cœur serré devant l'espèce d'indifférence qui s'était manifestée par rapport au meurtre de la salle Daru. Lors de la confrontation finale, sous la Pyramide, personne n'avait osé prononcer le nom de Blancart. Comme si le jeune restaurateur n'eût pas compté davantage qu'un de ces milliers d'exemplaires de vases de la basse époque romaine impériale des collections Campana que le Louvre ne sait plus où entreposer tant elles se ressemblent. La conservation avait-elle déjà oublié Jean Blancart, ce martyr du Grand Louvre ? Le meurtre de la salle Daru allait-il ainsi demeurer impuni ? Irait-il rejoindre la kyrielle des affaires criminelles qui finissent par être classées sans suite faute de les avoir élucidées ? Une telle perspective, en fait, révulsait Simon Frisquet. Que le Louvre devînt à jamais le lieu d'un meurtre atroce et impuni provoquait en lui une immense indignation et une sourde colère. Il en venait à douter de l'institution muséographique elle-même.

C'est en proie à ces noires pensées qu'il se retrouva sur la cour Napoléon, au pied de la Pyramide de Pei. A cette heure-là, la place était déserte, à l'exception d'une minuscule silhouette qui poussait un cerceau. Marie Clodelle jouait, seule, au milieu de cette immensité de pierre et de verre.

Il entendit la fillette hurler. Le cerceau, poussé trop fort, roulait vers l'asphalte de la rue qui traverse la place du Carrousel. Les mains en porte-voix, il cria à Marie de stopper sa course et se précipita pour récupérer le cercle d'acier entre deux flots de voitures qui roulaient à plus de 80 kilomètres à l'heure.

Lorsqu'il ramena son cerceau à la fillette, elle se jeta à son cou pour lui dire dans le creux de l'oreille :

— Merci. Mais je te donne pas de bonbon.

— Et pourquoi tu ne me donnerais pas un bonbon, Marie ?

— Parce que la dernière fois, le monsieur à qui je l'ai donné, il a glissé en voulant le prendre, sur l'échelle ; et alors, le gros clou, il s'est planté dans son cou et il est mort ; je ne vais pas te donner un bonbon. Je ne veux pas que tu meures avec le cou percé d'un gros clou comme monsieur Blancart.

La fillette pleurait à chaudes larmes ; son petit corps était secoué de spasmes, elle se mit à raconter avec son langage d'enfant de cinq ans la scène à laquelle elle avait assisté dans la salle Daru, quelques instants avant la mort de Blancart.

Simon Frisquet, penché vers elle, la serrait dans ses bras comme un enfant serre son ours en peluche.

Il était bouleversé. Les yeux fermés, il assistait à ce qui s'était passé, comme dans un film : Marie Clodelle, tendait le bonbon à Jean Blancart du haut de ses petites jambes, le bras levé. Ce dernier, penché en avant pour le saisir, avait fait glisser par mégarde l'escalier à roulettes qui, déporté vers la gauche, l'avait projeté sur le mur à l'endroit précis où saillait la pointe acérée d'un des deux énormes crochets auxquels était suspendu *Les Massacres de Scio* avant qu'il ne soit décroché et posé sur le parquet de la salle Daru, à l'aplomb même de son emplacement sur le mur. L'énorme rostre avait dû se ficher dans la chair de Blancart en provoquant un claquement sec, indiquant que les vertèbres cervicales avaient éclaté sous la violence du choc. En ressortant de l'autre côté du cou de la victime, le sang avait giclé, éclaboussant le plancher. Terrorisée, Marie Clodelle était repartie en courant s'enfermer dans sa chambre. L'accident atroce et stupide, sous les yeux d'une enfant de cinq ans qui n'avait rien dit à personne en revenant à la maison, gardant pour elle et son ours en peluche ce terrible secret. La seule trace qui en était restée tenait dans ce minuscule papier de bonbon retrouvé sur le plancher de la salle Daru que le commissaire Dutour avait ramassé sans conviction…

C'était là le « grand secret » que Marie venait enfin de lui confier.

La nuit tombait. La lune s'était levée. Elle projetait

sur la Pyramide de Pei une lueur blanche qui lui donnait l'aspect d'une pointe de diamant dressée vers le ciel.

Le nez enfoui dans la chevelure blonde de la petite Clodelle, Simon Frisquet regardait la cour Napoléon. Un lévrier afghan poursuivait un labrit des Pyrénées. Les deux chiens couraient et jouaient en jappant. La fillette battit des mains et s'élança vers cette immensité minérale, petit elfe bondissant entre la Pyramide et les Pyramidons. Déjà, elle riait aux éclats en poussant son cerceau que le labrit des Pyrénées saisit à pleine gueule tandis que le lévrier afghan virevoltait comme un derviche tourneur.

Simon Frisquet, furtivement, essuya la larme minuscule qui perlait au coin de son œil droit. Le Louvre, décidément, restait le plus beau musée du monde.

Achevé d'imprimer en août 1990
sur presse CAMERON,
dans les ateliers de la S.E.P.C.
à Saint-Amand-Montrond (Cher)
pour le compte des Éditions Calmann-Lévy
3, rue Auber, Paris 9ᵉ
N° d'éditeur : 11625/01
N° d'imprimeur : 1734-1363.
Dépôt légal : août 1990.